2023

01

一月主人笑幾回
相逢相識且銜桮

崔惠童詩宴城東莊 翟云輝書

老来多健忘，唯不忘相思。

《偶作寄朗之》白居易

历想为官日，无如刺史时。
欢娱接宾客　饱暖及妻儿。
自到东都后，安闲更得宜。
分司胜刺史，致仕胜分司。
何况园林下，欣然得朗之。
仰名同旧识，为乐即新知。
有雪先相访，无花不作期。
斗酥干酿酒，夸妙细吟诗。
里巷千来往，都门五别离。
岐分两回首，书到一开眉。
叶落槐亭院，冰生竹阁池。
雀罗谁问讯，鹤氅罢追随。
身与心俱病，容将力共衰。
老来多健忘，唯不忘相思。

2023

01 / 01

农历腊月初十

元旦

星期日

注：

白居易是唐代人生结局最好的大诗人之一，虽经历了坎坷，但后半生顺遂，晚年既富贵，又寿考，故能够“老来多健忘，唯不忘相思”。原文中“相思”所指是友情，朗之是白居易的酒友，名字叫皇甫曙。这样美好的句子，要是被元稹看到，少不了会吃醋。

人生不相见，动如参与商。

《赠卫八处士》杜甫

人生不相见，动如参与商。
今夕复何夕，共此灯烛光。
少壮能几时，鬓发各已苍。
访旧半为鬼，惊呼热中肠。
焉知二十载，重上君子堂。
昔别君未婚，儿女忽成行。
怡然敬父执，问我来何方。
问答乃未已，驱儿罗酒浆。
夜雨剪春韭，新炊间黄粱。
主称会面难，一举累十觞。
十觞亦不醉，感子故意长。
明日隔山岳，世事两茫茫。

2023

01 / 02

农历腊月十一

星期一

注：

此诗传唱千古不衰。诗中感情浓郁且复杂，但仍归入“喜”一类。“人生不相见，动如参与商”作为首句，极有力量，正因为见面之难，才更凸显相见之欢。然而今朝宴罢，明日必又是山岳之隔。现代人读此诗，耳畔似有“人生难得是欢聚，唯有别离多”的歌声萦绕，悲伤和欢乐永是相辅相伴的。

灯挑红烬落，
酒暖白光生。

《冬日晨兴寄乐天》刘禹锡

庭树晓禽动，郡楼残点声。
灯挑红烬落，酒暖白光生。
发少嫌梳利，颜衰恨镜明。
独吟谁应和，须寄洛阳城。

2023

01/03

农历腊月十二

星期二

注：

“灯挑红烬落，酒暖白光生”，让人想起白居易“绿蚁新醅酒，红泥小火炉”。当此温灯暖酒之时，叹息好友白居易不到，没法问一句“能饮一杯无”，只能默默写诗寄到洛阳，请白居易相唱和。“发少嫌梳利”并不奇怪，杜甫当年甚至“一月不梳头”（《屏迹三首·其二》）。

直道相思了无益，
未妨惆怅是清狂。

《无题二首·其二》李商隐

重帏深下莫愁堂，
卧后清宵细细长。
神女生涯原是梦，
小姑居处本无郎。
风波不信菱枝弱，
月露谁教桂叶香。
直道相思了无益，
未妨惆怅是清狂。

2023

01/04

农历腊月十三

星期三

注：

李商隐作诗，诸体皆能，但其《无题》系列最深入人心。“直道相思了无益，未妨惆怅是清狂”是一种类似“明知山有虎，偏向虎山行”的痴念痴行，明知相思入骨徒损无益，却也觉得无妨、无所谓。后世柳永“衣带渐宽终不悔，为伊消得人憔悴”与之异曲同工。

夜来北风至，喜见今日寒。

《寒》元稹

江瘴节候暖，腊初梅已残。
夜来北风至，喜见今日寒。
扣冰浅塘水，拥雪深竹阑。
复此满尊醁，但嗟谁与欢。

2023

01/05

农历腊月十四

小寒

星期四

注：

元稹爱夏亦爱冬，虽然是残梅北风，亦觉事事可喜。只是感叹朋友不在，无法樽酒共欢。今日小寒，宜防寒保暖。

回看射雕处，
千里暮云平。

《观猎》王维

风劲角弓鸣，将军猎渭城。
草枯鹰眼疾，雪尽马蹄轻。
忽过新丰市，还归细柳营。
回看射雕处，千里暮云平。

2023

01 / 06

农历腊月十五

星期五

注：

王维以山水田园诗名世，但其边塞诗、观猎诗一样雄豪可观。《观猎》全诗豪迈而又轻快，用典轻灵，末二句“回看射雕处，千里暮云平”曾为金庸引用，解释《射雕英雄传》书名来历。此诗可与李白《观猎》共读。

洒空深巷静，

积素广庭闲。

《冬晚对雪忆胡居士家》王维

寒更传晓箭，清镜览衰颜。
隔牖风惊竹，开门雪满山。
洒空深巷静，积素广庭闲。
借问袁安舍，翛然尚闭关。

2023

01 / 07

农历腊月十六

星期六

注：

王维“洒空深巷静，积素广庭闲”与陶渊明的“倾耳无希声，在目皓已洁”，祖咏的“终南阴岭秀，积雪浮云端”被人并称为“咏雪三杰作”。

一条藤径绿，

万点雪峰晴。

《冬日归旧山》李白

未洗染尘缨，归来芳草平。
一条藤径绿，万点雪峰晴。
地冷叶先尽，谷寒云不行。
嫩篁侵舍密，古树倒江横。
白犬离村吠，苍苔壁上生。
穿厨孤雉过，临屋旧猿鸣。
木落禽巢在，篱疏兽路成。
拂床苍鼠走，倒箧素鱼惊。
洗砚修良策，敲松拟素贞。
此时重一去，去合到三清。

2023

01 / 08

农历腊月十七

星期日

注：

李白冬日回归旧山故居短住。虽然房屋破陋荒败，甚至成为猿鸟占据的巢穴，但他笔下的世界却仍然显得碧绿鲜活，“一条藤径绿，万点雪峰晴”。而李白也兴致勃勃地“拂床”“倒箧”“洗砚”“敲松”，不觉得颓唐，反而充满生命力。“旧山”一般认为是四川江油的匡山，即后来杜甫诗中“匡山读书处，头白好归来”的匡山。

风兼残雪起，
河带断冰流。

《冬日野望寄李赞府》于良史

地际朝阳满，天边宿雾收。
风兼残雪起，河带断冰流。
北阙驰心极，南图尚旅游。
登临思不已，何处得销愁。

2023

01 / 09

农历腊月十八

星期一

注：

明代胡应麟的《诗薮》中，将此诗中的“风兼残雪起，河带断冰流”与盛唐王湾的“海日生残夜，江春入旧年”，晚唐温庭筠的“鸡声茅店月，人迹板桥霜”并提，皆形容景物，妙绝千古，而盛、中、晚唐界限崭然。

莫厌夏日长，
莫愁冬日短。

《遣兴十首·其二》元稹

莫厌夏日长，莫愁冬日短。
欲识短复长，君看寒又暖。
城中百万家，冤哀杂丝管。
草没奉诚园，轩车昔曾满。

2023

01/10

农历腊月十九

星期二

注：

此诗从季节气候下笔，但主旨不在此，而在于感慨人世“寒又暖”。“城中百万家，冤哀杂丝管”是另一版本的“几家欢乐几家愁”。诗中“奉诚园”原为唐代司徒马燧旧宅，几度易主，后常被用于指代盛衰无常。白居易《秦中吟》：“如何奉一身，直欲保千年？不见马家宅，今作奉诚园。”

晚年恩爱少，耳目静于僧。

《冬夜感怀》王建

晚年恩爱少，耳目静于僧。
竟夜不闻语，空房唯有灯。
气嘘寒被湿，霜入破窗凝。
断得人间事，长如此亦能。

2023

01 / 11

农历腊月二十

星期三

注：

晚年恩爱少，不知是感情疏远还是长期分别。此诗可与曹丕《燕歌行》中的“贱妾茕茕守空房，忧来思君不敢忘，不觉泪下沾衣裳”对读。女子“思君不敢忘”，男子却“耳目静于僧”。

无人为我磨心剑，
割断愁肠一寸苗。

《冬夜》韦庄

睡觉寒炉酒半消，
客情乡梦两遥遥。
无人为我磨心剑，
割断愁肠一寸苗。

2023

01/12

农历腊月廿一

星期四

注：

叶嘉莹曾说韦庄跟温庭筠的风格是完全不一样的，韦庄是作为一个男子直接写他的感情，而且写得非常直接、非常劲直。这里的“无人为我磨心剑，割断愁肠一寸苗”便是最佳写照。

却恨早梅添旅思，
强偷春力报年华。

《南至四首·其一》司空图

今冬腊后无残日，
故国烧来有几家。
却恨早梅添旅思，
强偷春力报年华。

2023

01/13

农历腊月廿二

星期五

注：

司空图是晚唐诗人，唐亡后病故，亦有史载系绝食而死。尼采谓：一切文字，余爱以血书者。唐诗中杜甫的诗多以血泪而成，而至晚唐司空图的诗同样也多以血泪而成，一如此诗中的“故国烧来有几家”。这等场景也正如金庸《射雕》的结尾：兵火有余烬，贫村才数家。

今夜酒醺罗绮暖，
被君融尽玉壶冰。

《醉后戏题》白居易

自知清冷似冬凌，
每被人呼作律僧。
今夜酒醺罗绮暖，
被君融尽玉壶冰。

2023

01 / 14

农历腊月廿三

星期六

注：

唐人诗句中常出现“玉壶冰”这一极美的意象，此外还有骆宾王的“离心何以赠，自有玉壶冰”，王昌龄的句子“洛阳亲友如相问，一片冰心在玉壶”。白居易为人热肠、好事、话多，形象其实去“律僧”甚远。

天高云去尽，
江迥月来迟。

《观作桥成月夜舟中有述还呈李司马》杜甫

把烛桥成夜，回舟客坐时。
天高云去尽，江迥月来迟。
衰谢多扶病，招邀屡有期。
异方乘此兴，乐罢不无悲？

2023

01/15

农历腊月廿四

星期日

注：

“天高云去尽，江迥月来迟”可以和杜甫《江汉》诗中“片云天共远，永夜月同孤”同读。仇兆鳌《杜诗详注》谓“悲有三意，衰年多病，而又在异方”，所以定这首诗的调子为“悲”。

芭蕉不展丁香结，
同向春风各自愁。

《代赠二首·其一》李商隐

楼上黄昏欲望休，
玉梯横绝月如钩。
芭蕉不展丁香结，
同向春风各自愁。

2023

01 / 16

农历腊月廿五

星期一

注：

表达了主人公含愁思人的心情。名为“代赠”，但诗人可能也是假托为之，书写寄托。从这首诗能看出典型的李商隐式的构思精密，情致婉转。“芭蕉不展丁香结”为后世词人钟爱，宋代贺铸：“欲知方寸，共有几许新愁？芭蕉不展丁香结。枉望断天涯，两厌厌风月。”

流澌腊月下河阳，
草色新年发建章。

《寄司勋卢员外》李颀

流澌腊月下河阳，
草色新年发建章。
秦地立春传太史，
汉宫题柱忆仙郎。
归鸿欲度千门雪，
侍女新添五夜香。
早晚荐雄文似者，
故人今已赋长杨。

2023

01 / 17

农历腊月廿六

星期二

注：

流澌腊月下河阳，指目下寄信之时。草色新年发建章，指友人收到信之际。此诗将故人卢员外比拟成司马相如，将自己比拟为扬雄，表示希望得到举荐。李颀是盛唐诗人，边塞诗、送别诗等极有造诣，但中进士后只做过新乡县尉，升迁困难，后致仕归隐。

寒灯短烬方烧腊，
画角残声已报春。

《除夜》方干

玉漏斯须即达晨，
四时吹转任风轮。
寒灯短烬方烧腊，
画角残声已报春。
明日便为经岁客，
昨朝犹是少年人。
新正定数随年减，
浮世惟应百遍新。

2023

01 / 18

农历腊月廿七

星期三

注：

新年又将到，过了新年又得增加一岁。昨天本还是少年人呢，今天突然就老了。看来不只是现代人对年龄敏感，唐朝诗人方干也很敏感。

殷勤惜此夜，
此夜在逡巡。

《除夜二首·其二》卢仝

殷勤惜此夜，此夜在逡巡。
烛尽年还别，鸡鸣老更新。
傩声方去疫，酒色已迎春。
明日持杯处，谁为最后人。

2023

01 / 19

农历腊月廿八

星期四

注：

辞旧迎新，是古今永恒的主题。卢仝是中唐诗人，“初唐四杰”中卢照邻后人，清贫不仕，有才气，好饮茶。

大寒宜近火，
无事莫开门。

《咏廿四气诗·大寒十二月中》元稹

腊酒自盈樽，金炉兽炭温。
大寒宜近火，无事莫开门。
冬与春交替，星周月讵存？
明朝换新律，梅柳待阳春。

2023

01/20

农历腊月廿九

大寒

星期五

注：

今日大寒，即天气寒冷已到极致，同时这也是冬日的最后一个节气。诗句质朴，有俗语味道。英国诗人雪莱诗言：“冬天到了，春天还会远吗？”所以不妨“明朝换新律，梅柳待阳春”。

不用叹身随日老，
亦须知寿逐年来。

《除夜言怀，兼赠张常侍》
白居易

三百六旬今夜尽，
六十四年明日催。
不用叹身随日老，
亦须知寿逐年来。
加添雪兴凭毡帐，
消杀春愁付酒杯。
唯恨诗成君去后，
红笺纸卷为谁开。

2023

01 / 21

农历腊月三十

除夕

星期六

注：

白居易写于除夕夜的一首诗。“加添雪兴凭毡帐，消杀春愁付酒杯”，可见今宵欢聚欢饮之乐，“不用叹身随日老，亦须知寿逐年来”是最好最平和的心态。祝新春快乐。

白日新年好，
青春上国多。

《早朝》司空图

白日新年好，
青春上国多。
街平双阙近，
尘起五云和。

2023

01 / 22

农历正月初一

春节

星期日

注：

大年初一，青春上国，万物祥和。

销磨岁月成高位，比类时流是幸人。

《喜人新年自咏》白居易

白须如雪五朝臣，
又值新正第七旬。
老过占他蓝尾酒，
病余收得到头身。
销磨岁月成高位，
比类时流是幸人。
大历年中骑竹马，
几人得见会昌春？

2023

01/23

农历正月初二

星期一

注：

这一年新春的白居易已然七十一岁，在当时可谓“古来稀”的高寿老人，但依旧很乐观，也很清醒，其资历更是惊人的“五朝臣”了。所以诗人也很自得：“大历年中骑竹马，几人得见会昌春？”大历年间骑竹马的孩子，有几个能像我一样看见会昌的新春呢？

江汉春风起，
冰霜昨夜除。

《远怀舍弟颖、观等》杜甫

阳翟空知处，荆南近得书。
积年仍远别，多难不安居。
江汉春风起，冰霜昨夜除。
云天犹错莫，花萼尚萧疏。
对酒都疑梦，吟诗正忆渠。
旧时元日会，乡党羡吾庐。

2023

01 / 24

农历正月初三

星期二

注：

杜甫有四弟，分别是杜颖、杜观、杜丰、杜占。“江汉春风起，冰霜昨夜除。”这是很美好的句子，宛如“海日生残夜，江春入旧年”，将不好的都翻篇了，而在美好的时日里，思念却也更浓。

君自故乡来，应知故乡事。

《杂诗三首·其二》王维

君自故乡来，
应知故乡事。
来日绮窗前，
寒梅著花未？

2023

01 / 25

农历正月初四

星期三

注：

问梅，大概是古人传统。北朝的陆凯给朋友范晔“聊赠一枝春”时寄的是梅花。唐朝诗人王绩曾问询家人：“经移何处竹？别种几株梅？”也是问梅花。相较王绩在诗里一连串的发问，王维的发问显然更精当，余味无穷。

已见寒梅发，
复闻啼鸟声。

《杂诗三首 · 其三》王维

已见寒梅发，
复闻啼鸟声。
心心视春草，
畏向玉阶生。

2023

01 / 26

农历正月初五

星期四

注：

寒梅花发、啼鸟声起、春草萌生，足见时间流逝之快。一个“畏”字，将内心的惆怅乃至逃避、焦虑全盘托出，类似宋之问“近乡情更怯”之意。诗翻用《楚辞》“王孙游兮不归，春草生兮萋萋”。

多少关心事，
书灰到夜深。

《火炉前坐》李群玉

孤灯照不寐，
风雨满西林。
多少关心事，
书灰到夜深。

2023

01/27

农历正月初六

星期五

注：

李群玉是晚唐诗人，有诗才，传奇故事颇多，被称为“群玉诗名冠李唐，投书换得校书郎”，据说他曾向唐宣宗献上自己的三百篇诗作，受到赏识，授弘文馆校书郎。“多少关心事，书灰到夜深”，不说何事，只说“书灰”，即在灰上写字，让人惆怅不尽，又想象无穷。

从此静窗闻细韵，
琴声长伴读书人。

《书院二小松》 李群玉

一双幽色出凡尘，
数粒秋烟二尺鳞。
从此静窗闻细韵，
琴声长伴读书人。

2023

01 / 28

农历正月初七

星期六

注：

李群玉诗思奇妙。“数粒秋烟二尺鳞”描绘小松质地如画。“琴声”一句，相传嵇康有琴曲名为《风入松》，李群玉称，当风吹过他书院的两棵小松树时，便仿佛有了细韵，似在奏琴。

卷旗夜劫单于帐，
乱斫胡兵缺宝刀。

《出塞》马戴

金带连环束战袍，
马头冲雪度临洮。
卷旗夜劫单于帐，
乱斫胡兵缺宝刀。

2023

01 / 29

农历正月初八

星期日

注：

全诗极为精彩激昂，炼字也极讲究。马不是“踏雪”“踩雪”，而是“冲雪”，足见气势之高昂，马匹之踊跃，战士之英武。而末句的“缺”同样精彩，写出战况之激烈，战士之奋不顾身，就连宝刀都斫缺了，更见力量。

年年岁岁花相似，岁岁年年人不同。

《代悲白头翁》刘希夷

洛阳城东桃李花，
飞来飞去落谁家？
洛阳女儿惜颜色，
坐见落花长叹息。
今年花落颜色改，
明年花开复谁在？
已见松柏摧为薪，
更闻桑田变成海。
古人无复洛城东，
今人还对落花风。
年年岁岁花相似，
岁岁年年人不同。
寄言全盛红颜子，
应怜半死白头翁。
此翁白头真可怜，
伊昔红颜美少年。
公子王孙芳树下，
清歌妙舞落花前。
光禄池台文锦绣，
将军楼阁画神仙。
一朝卧病无相识，
三春行乐在谁边？
宛转蛾眉能几时？
须臾鹤发乱如丝。
但看古来歌舞地，
唯有黄昏鸟雀悲。

2023

01 / 30

农历正月初九

星期一

注：

诗名“代悲”，作诗时刘希夷其实很年轻。全诗前一半围绕洛阳女儿的“叹息”展开，中途转折至“白头翁”的故事上，曾经是红颜美少年，须臾鹤发如丝，感叹时光易逝。传说宋之问觊觎此诗中“年年岁岁花相似，岁岁年年人不同”之句，向刘希夷索取未遂，便以土囊将其压死。此事可信度不高。

一月主人笑幾回
相逢相識且銜桮

崔惠童詩宴城東莊 [illegible][illegible]輝書

《宴城东庄》崔惠童

一月主人笑几回，
相逢相识且衔杯。
眼看春色如流水，
今日残花昨日开。

2023

01 / 31

农历正月初十

星期二

注：

一作崔思诗。颇有李白“两人对酌山花开，一杯一杯复一杯”的诗意。李白是对酌于山花盛放之际，而崔惠童是饮于落英缤纷之时。

2023

02

不知細葉誰裁出
二月春風似剪刀

賀知章詩詠柳 明空莊輝書

满堂花醉三千客，
一剑霜寒十四州。

《献钱尚父》贯休

贯逼人来不自由，
龙骧凤翥势难收。
满堂花醉三千客，
一剑霜寒十四州。
鼓角揭天嘉气冷，
风涛动地海山秋。
东南永作金天柱，
谁羡当时万户侯。

2023

02 / 01

农历正月十一

星期三

注：

贯休是晚唐著名诗僧，才气出众。他因避时乱，将此诗献给吴越王钱镠，诗意虽在恭维，却写得花团锦簇，豪气干云。传说钱镠虽欣赏赞叹，但是嫌“一剑霜寒十四州”气势不足，想将“十四州”改为“四十州”，彰显自己威势，贯休却一字不改。这或许是后人附会的故事。

客散酒醒深夜后，
更持红烛赏残花。

《花下醉》李商隐

寻芳不觉醉流霞，
倚树沉眠日已斜。
客散酒醒深夜后，
更持红烛赏残花。

2023

02 / 02

农历正月十二

星期四

注：

此诗的末两句应给了苏轼灵感，令他写出了“只恐夜深花睡去，故烧高烛照红妆”。比起李商隐的“残花”，苏诗更多了一份欢快与高调。

叹

浮生恰似冰底水，

日夜东流人不知。

《汴河阻冻》杜牧

千里长河初冻时，
玉珂瑶佩响参差。
浮生恰似冰底水，
日夜东流人不知。

2023

02/03

农历正月十三

星期五

注：

关于水和时间，敏感的国人早就将二者联系在了一起。春秋时孔子便感叹："逝者如斯夫，不舍昼夜。"而杜牧的诗又多了一层变化，将浮生比作看不见、摸不着的冰底水，更加不着痕迹。

春饮一杯酒，
便吟春日诗。

《立春日》曹松

春饮一杯酒，便吟春日诗。
木梢寒未觉，地脉暖先知。
鸟啭星沉后，山分雪薄时。
赏心无处说，怅望曲江池。

2023

02/04

农历正月十四

立春

星期六

注：

春天到了，宜饮酒，宜读诗。晚唐诗人曹松过了七十岁方才进士及第，同时还有王希羽、刘象等四位同样年迈的诗人一块儿登第，时人号称“五老榜”。

千门开锁万灯明，
正月中旬动帝京。

《正月十五夜灯》张祜

千门开锁万灯明，
正月中旬动帝京。
三百内人连袖舞，
一时天上著词声。

2023

02/05

农历正月十五

元宵节

星期日

注：

诗人张祜的笔下，唐时灯会何等盛大、热闹、欢喜。而今的灯火、灯会无论是样式、规模等等，都毫无疑问地远胜唐时，却少有赏灯佳作。很多时候，不是我们眼前的景色普通，而是眼力和笔力普通，以及心中所蕴含的激情少了。

方信玉霄千万里，
春风犹未到人间。

《立春后作》王初

东君珂佩响珊珊，
青驭多时下九关。
方信玉霄千万里，
春风犹未到人间。

2023

02/06

农历正月十六

星期一

注：

立春过后，春寒料峭，和煦的春风也还尚未完全降临人间，仍旧得裹上厚衣。言似称憾，却有一股迫切望春心意。诗歌历史上有两个王初，一为唐人王初，一为宋人王初，两人的著作也时常被人混淆，比如这首诗在两人的名下就都能找到。

新历才将半纸开，
小庭犹聚爆竿灰。

《早春》来鹄

新历才将半纸开，
小庭犹聚爆竿灰。
偏憎杨柳难钤辖，
又惹东风意绪来。

2023

02/07

农历正月十七

星期二

注：

新历才开，还不算太久，庭院里还满是爆竹的残灰，一切都还是过年的味道。诗人来鹄习惯师“韩柳”为文，却屡举进士不第。曹松古稀之年及第的快乐，来鹄是感受不到的。

羌笛何须怨杨柳，
春风不度玉门关。

《凉州词二首 · 其一》王之涣

黄河远上白云间，
一片孤城万仞山。
羌笛何须怨杨柳，
春风不度玉门关。

2023

02 / 08

农历正月十八

星期三

注：

杨柳意蕴双关，也指《折杨柳》这一哀怨的曲子，大意是不要去吹奏《折杨柳》这首曲子埋怨春天迟迟不到，因为春风她压根儿就吹不到玉门关这里来啊。盛唐诗人王之涣存诗不多，《全唐诗》仅存诗六首，但一首《凉州词》已臻七言绝句极诣，历来被人推许。

怪得春光不来久，
胡中风土无花柳。

《胡笳十八拍·其六》刘商

怪得春光不来久，
胡中风土无花柳。
天翻地覆谁得知，
如今正南看北斗。
姓名音信两不通，
终日经年常闭口。
是非取与在指撝，
言语传情不如手。

2023

02/09

农历正月十九

星期四

注：

等不到春天的，不只是王之涣和玉门关征人，还有诗人刘商，以及胡地中人。诗句立意别致：一般思维方式都是先有气候，再有相应植物，因为无春风，故无花柳；此诗却反写成因为无花柳，故显不出春风。

青海戍头空有月，
黄沙碛里本无春。

《凉州曲二首·其一》柳中庸

关山万里远征人，
一望关山泪满巾。
青海戍头空有月，
黄沙碛里本无春。

2023

02/10

农历正月二十

星期五

注：

比起胡地的刘商来，柳中庸笔下写到的征人们是更值得同情的，可与玉门关的王之涣们相提并论。因为广袤沙漠之中，压根是没有春天可言的。

莫言塞北无春到，
总有春来何处知。

《度破讷沙二首·其一》李益

眼见风来沙旋移，
经年不省草生时。
莫言塞北无春到，
总有春来何处知。

2023

02/11

农历正月廿一

星期六

注：

柳中庸说沙漠之中本来就没有春天，李益则反过来说：就算是春天来了，满目荒芜之中我们又从何得知呢？李益是著名中唐诗人。

几处早莺争暖树，
谁家新燕啄春泥。

《钱塘湖春行》白居易

孤山寺北贾亭西，
水面初平云脚低。
几处早莺争暖树，
谁家新燕啄春泥。
乱花渐欲迷人眼，
浅草才能没马蹄。
最爱湖东行不足，
绿杨阴里白沙堤。

2023

02/12

农历正月廿二

星期日

注：

南国已春水初生、春林始盛、春鸟始鸣。身在杭州的白居易心情大好，骑马悠游，全无忧愁。整篇语言浅近，可见心境也轻松清闲。

丞相祠堂何处寻，
锦官城外柏森森。

《蜀相》杜甫

丞相祠堂何处寻，
锦官城外柏森森。
映阶碧草自春色，
隔叶黄鹂空好音。
三顾频烦天下计，
两朝开济老臣心。
出师未捷身先死，
长使英雄泪满襟。

2023

02/13

农历正月廿三

星期一

注：

杜甫乃是忠耿、赤诚、热血之人，所以他极能与诸葛亮共情。每读杜甫咏叹诸葛亮的诗，就给人感觉似乎诸葛亮是另一个平行时空中的杜甫，有着另一个版本的人生，得遇明主、风云际会，然后呕心沥血，死而后已。杜甫屡屡追忆思慕的是诸葛亮，实际上也是为平行时空中的另一个自己热泪长流。

杨柳青青江水平，
闻郎江上唱歌声。

《竹枝词二首·其一》刘禹锡

杨柳青青江水平，
闻郎江上唱歌声。
东边日出西边雨，
道是无晴却有晴。

2023

02 / 14

农历正月廿四

情人节

星期二

注：

春风和煦的日子，江边杨柳依依，嫩绿的柳条垂入水面，江水却平滑如镜。江面上小伙子悠扬的歌声传入少女的耳朵，在心中漾起圈圈涟漪。爱人的心就像这天气，这里说是晴天，那厢却下着雨，让人捉摸不定。刘禹锡喜好民歌，任夔州刺史时，曾依当地民歌创作了《竹枝词》，清新可喜。这是其中一首。

宁无好舟楫，
不泛恶风涛。

《寄李播评事》杜牧

子列光殊价，明时忍自高。
宁无好舟楫，不泛恶风涛。
大翼终难戢，奇锋且自韬。
春来烟渚上，几净雪霜毫。

2023

02/15

农历正月廿五

星期三

注：

这是一种立身存世之道，远离旋涡，独善其身，像列子一样奇锋自韬，清静隐忍。杜牧写示友人，同时也是自警。此处李播应是指中唐诗人李播，有诗名，为人豁达。《全唐诗话》载，年轻人剽窃了他的文章，他索性就把作品让给别人，非常有趣。

提笼忘采叶，
昨夜梦渔阳。

《春闺思》张仲素

袅袅城边柳，
青青陌上桑。
提笼忘采叶，
昨夜梦渔阳。

2023

02 / 16

农历正月廿六

星期四

注：

《诗经·周南·卷耳》：采采卷耳，不盈顷筐。嗟我怀人，寘彼周行。讲女子思念征人，因心不在焉，是故小筐不难填满却也始终填不满。此诗有诗经《卷耳》之味，却收笔于昨夜梦境，更有余味。

思 048

打起黄莺儿，
莫教枝上啼。

《春怨》金昌绪

打起黄莺儿，
莫教枝上啼。
啼时惊妾梦，
不得到辽西。

2023

02/17

农历正月廿七

星期五

注：

唐时边战不休，有太多的征戍之地，玉门关、青海头、关山、渔阳以及辽西等等。比起还能完整梦到丈夫在渔阳的采桑女，此诗的女主似乎更令人哀伤，就连梦都被黄莺鸟惊醒，不得圆满。

披衣更向门前望，
不忿朝来鹊喜声。

《闺情》李端

月落星稀天欲明，
孤灯未灭梦难成。
披衣更向门前望，
不忿朝来鹊喜声。

2023

02/18

农历正月廿八

星期六

注：

此诗当中的女性，因为思念，彻夜不眠。用余秀华的现代诗表述大概就是：失眠是最深的梦寐。和打莺女比，她的失眠并非因为喜鹊吵闹，而是因为喜鹊有“报喜”的招牌，可自家却归人未至，实在喜不起来，从而连喜鹊也忿怨上了。

山中一夜雨，
树杪百重泉。

《送梓州李使君》王维

万壑树参天，千山响杜鹃。
山中一夜雨，树杪百重泉。
汉女输橦布，巴人讼芋田。
文翁翻教授，不敢倚先贤。

2023

02/19

农历正月廿九

雨水

星期日

注：

今日雨水。北方地区或许尚未见春天，但南方多数地方已春意盎然，应是一幅清丽的早春景象。《荆楚岁时记》中记载雨水花信为：一候菜花、二候杏花、三候李花。此日宜看花。

昨夜一霎雨，
天意苏群物。

《春雨后》孟郊

昨夜一霎雨，
天意苏群物。
何物最先知，
虚庭草争出。

2023

02 / 20

农历二月初一

星期一

注：

雨水节气过后，万物萌动，水獭蹿跃，鸿雁归来，尤其是草木滋荣，最为显著。就连一向抑郁不乐的孟郊都注意到了，并且愉悦地赞赏这生机勃勃、花草争春的热闹景象。

悲 052

愁听门外催里胥，
官家二月收新丝。

《采桑女》唐彦谦

春风吹蚕细如蚁，
桑芽才努青鸦嘴。
侵晨探采谁家女，
手挽长条泪如雨。
去岁初眠当此时，
今岁春寒叶放迟。
愁听门外催里胥，
官家二月收新丝。

2023

02 / 21

农历二月初二

星期二

注：

唐彦谦笔下的采桑女正承受着生活上的重压。今春的倒寒已经使得树叶生长延迟，没法采桑，但官家的人却已经来征收、催逼农家的新丝了。

未必交情系贫富，柴门自古少车尘。

《丙寅二月二十二口抚州如归馆雨中有怀诸朝客》
韩偓

凄凄恻恻又微嚬，
欲话羁愁忆故人。
薄酒旋醒寒彻夜，
好花虚谢雨藏春。
萍蓬已恨为逋客，
江岭那知见侍臣。
未必交情系贫富，
柴门自古少车尘。

2023

02 / 22

农历二月初三

星期三

注：

李清照《声声慢》词中有“寻寻觅觅，冷冷清清，凄凄惨惨戚戚”，似乎就有对韩偓“凄凄恻恻又微嚬”一定的借鉴。末联则在讲道理：都说交情好像跟贫富无关，可为什么寒门没有富贵的车马登门呢？

二月村园暖，
桑间戴胜飞。

《春村》白居易

二月村园暖，桑间戴胜飞。
农夫春旧谷，蚕妾捣新衣。
牛马因风远，鸡豚过社稀。
黄昏林下路，鼓笛赛神归。

2023

02/23

农历二月初四

星期四

注：

戴胜，鸟名，模样很具有辨识性。此诗颇有意思，似乎作者既不刻意求好，亦不用力求奇，写实且通俗，质朴清新。

今夜偏知春气暖，
虫声新透绿窗纱。

《月夜》刘方平

更深月色半人家，
北斗阑干南斗斜。
今夜偏知春气暖，
虫声新透绿窗纱。

2023

02/24

农历二月初五

星期五

注：

月夜是唐代人常爱书写的对象，但写残月夜、寒月夜较多，即便“春江花月夜”亦显得孤清，而写暖月夜较少。刘方平的月夜是温暖的，虫声的引入，更使得春夜添了生趣。“透”字极为精妙，有陶潜的味道。

长条乱拂春波动，
不许佳人照影看。

《柳枝辞十二首·其七》徐铉

水阁春来乍减寒，
晓妆初罢倚栏干。
长条乱拂春波动，
不许佳人照影看。

2023

02/25

农历二月初六

星期六

注：

相对于《竹枝词》，《杨枝辞》的名气没有那么大。《杨枝辞》为唐教坊曲名，唐乐中有《杨柳枝》。此诗中的杨柳格外调皮，不断将平滑如镜的水面搅乱，让那些精心打扮好的女子不得好好照影自赏。

秦地少年多酿酒，

已将春色入关来。

《及第后寄长安故人》杜牧

东都放榜未花开，
三十三人走马回。
秦地少年多酿酒，
已将春色入关来。

2023

02 / 26

农历二月初七

星期日

注：

三十三人进士登科，这批幸运儿和佼佼者中就有杜牧一个。他叮嘱关中的少年多备美酒，自己马上将携春色而来。

别来杨柳街头树，
摆弄春风只欲飞。

《镇州初归》韩愈

别来杨柳街头树，
摆弄春风只欲飞。
还有小园桃李在，
留花不发待郎归。

2023

02 / 27

农历二月初八

星期一

注：

《唐语林》中记载：韩愈有二妾，一曰绛桃，一曰柳枝，皆能歌舞。及镇州初归，作诗云：还有小园桃李在，留花不发待郎归。自是专宠绛桃矣。另有《瓮牖闲评》谓此诗非韩愈所作，盖当时附会者为之耳。

不知細葉誰裁出
二月春風似剪刀

賀知章詩詠柳

《咏柳》贺知章

碧玉妆成一树高，
万条垂下绿丝绦。
不知细叶谁裁出，
二月春风似剪刀。

2023

02 / 28

农历二月初九

星期二

注：

贺知章名篇，想象新奇，带着春来喜气，脍炙人口。此诗在马伯庸《长安十二时辰》中有趣解。首句指当时太子已经势力颇大；二句指太子爪牙遍布全国；三句意为不知是谁纵容了太子，使其权欲更张；末句则是指皇帝春风般的仁慈助长了太子的野心。可见经典的一大特征，就是经得起反复解读、各种诠释，不用担心会毁掉。

2023

03

四時最好是三月
一去不回唯少年

韓偓詩 三月

莫思身外无穷事，
且尽生前有限杯。

《绝句漫兴九首 · 其四》杜甫

二月已破三月来，
渐老逢春能几回。
莫思身外无穷事，
且尽生前有限杯。

2023

03/01

农历二月初十

星期三

注：

杜甫寓居在成都草堂后写了《绝句漫兴九首》，这是第四首。他整个人也开始逐渐变得佛系，选择躺平。三月到了，何必去想那无穷无尽的身外事呢，倒不如先干了这一生中有限的几杯酒。今日宜饮酒。

白日放歌须纵酒，
青春作伴好还乡。

《闻官军收河南河北》杜甫

剑外忽传收蓟北，
初闻涕泪满衣裳。
却看妻子愁何在，
漫卷诗书喜欲狂。
白日放歌须纵酒，
青春作伴好还乡。
即从巴峡穿巫峡，
便下襄阳向洛阳。

2023

03/02

农历二月十一

星期四

注：

时值唐代宗广德元年（763）春，安史之乱进入尾声，官军收复河南河北，连败叛军。漂泊流离多年的杜甫听闻消息，不禁狂喜，正所谓“喜心翻倒极，呜咽泪沾巾”，挥笔写下这“生平第一快诗”，对未来充满无限期待。可叹的是他“便下襄阳向洛阳”的热切回乡愿望终究没能达成。

朝辞白帝彩云间，
千里江陵一日还。

《早发白帝城》李白

朝辞白帝彩云间，
千里江陵一日还。
两岸猿声啼不住，
轻舟已过万重山。

2023

03/03

农历二月十二

星期五

注：

前系杜甫生平第一快诗，此系李白生平第一快诗。李白因坐永王李璘谋反案，被流放夜郎。翌年春，行至白帝城时，忽然收到被赦的消息，李白惊喜交加，乘舟自白帝下江陵，吟就快诗一首，一表行驶之快速，二诉心情之快乐。

春来遍是桃花水，
不辨仙源何处寻。

《桃源行》王维

渔舟逐水爱山春，
两岸桃花夹古津。
坐看红树不知远，
行尽青溪不见人。
山口潜行始隈隩，
山开旷望旋平陆。
遥看一处攒云树，
近入千家散花竹。
樵客初传汉姓名，
居人未改秦衣服。
居人共住武陵源，
还从物外起田园。
月明松下房栊静，
日出云中鸡犬喧。
惊闻俗客争来集，
竞引还家问都邑。
平明闾巷扫花开，
薄暮渔樵乘水入。
初因避地去人间，
及至成仙遂不还。
峡里谁知有人事，
世中遥望空云山。
不疑灵境难闻见，
尘心未尽思乡县。
出洞无论隔山水，
辞家终拟长游衍。
自谓经过旧不迷，
安知峰壑今来变。
当时只记入山深，
青溪几度到云林。
春来遍是桃花水，
不辨仙源何处寻。

2023

03/04

农历二月十三

星期六

注：

此诗取材自陶渊明的《桃花源记》，属于王维早期作品。全诗不似《桃花源记》那般将时间、地点、人物、事件都交代得清清楚楚，只描摹展现一个个桃花源的画面，以画入境，“前身应画师”的气息已露端倪。

闲读道书慵未起，
水晶帘下看梳头。

《离思五首·其二》元稹

山泉散漫绕阶流，
万树桃花映小楼。
闲读道书慵未起，
水晶帘下看梳头。

2023

03/05

农历二月十四

星期日

注：

元稹称“半缘修道半缘君”，但从此诗看来读道书也不认真，无甚道心，反而一门心思在看那个水晶帘下的“她”柔美地梳头。

震蛰虫蛇出，
惊枯草木开。

《闻雷》白居易

瘴地风霜早，温天气候催。
穷冬不见雪，正月已闻雷。
震蛰虫蛇出，惊枯草木开。
空余客方寸，依旧似寒灰。

2023

03/06

农历二月十五

惊蛰

星期一

注：

今日惊蛰。一方面春气萌动，另一方面春雷乍动。“昨夜寒蛩不住鸣”，那些令南宋岳飞睡不着觉的小虫子，此刻正破土而出。而至于“惊蛰始雷”的现象，则仅与我国南方部分地区的自然节律相吻合。

花面丫头十三四，
春来绰约向人时。

《寄赠小樊》刘禹锡

花面丫头十三四，
春来绰约向人时。
终须买取名春草，
处处将行步步随。

2023

03/07

农历二月十六

女生节

星期二

注：

刘禹锡为许多歌舞姬妾都进行过歌咏，还曾为韦夏卿、房启、李程诸人的宠姬写作。

扫眉才子知多少，
管领春风总不如。

《寄蜀中薛涛校书》王建

万里桥边女校书，
枇杷花里闭门居。
扫眉才子知多少，
管领春风总不如。

2023

03 / 08

农历二月十七

妇女节

星期三

注：

这是诗人王建称誉女诗人薛涛的作品，称天下女才子都及不上她。薛涛极有才情。儿时初读她的《筹边楼》：“平临云鸟八窗秋，壮压西川四十州。诸将莫贪羌族马，最高层处见边头。”对这位女子笔力与气魄的震惊，至今记忆犹新。

一枝红艳露凝香，

云雨巫山枉断肠。

《清平调·其二》李白

一枝红艳露凝香，
云雨巫山枉断肠。
借问汉宫谁得似，
可怜飞燕倚新妆。

2023

03/09

农历二月十八

星期四

注：

李白《清平调》名闻遐迩，“云想衣裳花想容”便出自组诗第一首。本诗是第二首，称赞杨贵妃之美丽可比巫山神女和汉宫赵飞燕。但据传李白也以此诗招怨，被人毁谤称是刻意贬损杨贵妃。

解释春风无限恨，
沉香亭北倚阑干。

《清平调·其三》李白

名花倾国两相欢，
长得君王带笑看。
解释春风无限恨，
沉香亭北倚阑干。

2023

03/10

农历二月十九

星期五

注：

第三首总承一、二两首，把牡丹花和杨贵妃、君王三者糅合，让诗意臻于完整，收束组诗。命题作文是极难写的，李白一挥而就，作品传唱不衰，可见功力。

长门自是无梳洗，
何必珍珠慰寂寥。

《谢赐珍珠》江妃

柳叶双眉久不描，
残妆和泪污红绡。
长门尽日无梳洗，
何必珍珠慰寂寥。

2023

03 / 11

农历二月二十

星期六

注：

同为唐玄宗的妃子，有人得宠，自然也就有人失宠。杜甫说：“但见新人笑，那闻旧人哭。”江妃就是失宠的那一个。女诗人甚有气骨，又含哀怨，表示“旧人”完全不需要那已经变心的人再送什么礼物，再给予什么若有若无、不咸不淡的关照。

十年结子知谁在，
自向庭中种荔枝。

《种荔枝》白居易

红颗珍珠诚可爱，
白须太守亦何痴。
十年结子知谁在，
自向庭中种荔枝。

2023

03/12

农历二月廿一

植树节

星期日

注：

荔枝实在很受古人的喜欢。为荔枝代言且特别知名的就有“一骑红尘妃子笑”的杨玉环和“日啖荔枝三百颗”的苏轼，另外白居易也很爱荔枝。今日植树节，宜植树。

今朝满衣泪，
不是伤春泣。

《偶然作二首·其一》吕温

栖栖复汲汲，
忽觉年四十。
今朝满衣泪，
不是伤春泣。

2023

03/13

农历二月廿二

星期一

注：

题目说是偶然作，属于信手为之，其实不然。实际上是年华逝去却感碌碌无为，先有了这样的焦虑感，才会在一个偶然的时间点发出这样的感想。吕温与柳宗元、刘禹锡交好，因与宰相李吉甫有隙，而遭贬谪。

两度长安陌，
空将泪见花。

《再下第》孟郊

一夕九起嗟，
梦短不到家。
两度长安陌，
空将泪见花。

2023

03 / 14

农历二月廿三

白色情人节

星期二

注：

同样是哭泣。孟郊的哭泣是因为考试老考不中，功名不就，无颜再见江东父老般的伤泣。读了这种落第诗，才能了解孟郊登科后为何有“春风得意马蹄疾”的狂喜。

叹

万物皆及时，独余不觉春。

《长安羁旅行》孟郊

十日一理发，每梳飞旅尘。
三旬九过饮，每食唯旧贫。
万物皆及时，独余不觉春。
失名谁肯访，得意争相亲。
直木有恬翼，静流无躁鳞。
始知喧竞场，莫处君子身。
野策藤竹轻，山蔬薇蕨新。
潜歌归去来，事外风景真。

2023

03/15

农历二月廿四

星期三

注：

此诗作于又一次落第之后，不无酸溜溜地带些自嘲说："始知喧竞场，莫处君子身。"作为科场上的幸运儿，韩愈对孟郊推崇备至，认为他"才气清高"，其诗"高出魏晋"，然而后者科场却不顺遂。

离杯有泪饮，
别柳无枝春。

《送远吟》孟郊

河水昏复晨，河边相送频。
离杯有泪饮，别柳无枝春。
一笑忽然敛，万愁俄已新。
东波与西日，不惜远行人。

2023

03/16

农历二月廿五

星期四

注：

孟郊一生抑郁，有《送远吟》《归信吟》《苦寒吟》《病客吟》等多首内容愁苦哀伤的诗作，实在不愧是“郊寒岛瘦”。苏轼戏称为“寒虫号”。

昔为同恨客，今为独笑人。

《赠李观》孟郊

谁言形影亲，灯灭影去身。
谁言鱼水欢，水竭鱼枯鳞。
昔为同恨客，今为独笑人。
舍予在泥辙，飘迹上云津。
卧木易成蠹，弃花难再春。
何言对芳景，愁望极萧晨。
埋剑谁识气，匣弦日生尘。
愿君语高风，为余问苍旻。

2023

03/17

农历二月廿六

星期五

注：

送给已经考上的朋友李观。两个曾经都落第的朋友，而今际遇完全不同，其中的滋味，不必亲历亦能感知一二。最后一句的苍旻指苍天、上天，亦代指皇帝和朝廷，露出求朋友举荐之意。

春风得意马蹄疾，
一日看尽长安花。

《登科后》孟郊

昔日龌龊不足夸，
今朝放荡思无涯。
春风得意马蹄疾，
一日看尽长安花。

2023

03/18

农历二月廿七

星期六

注：

年已四十六岁的孟郊奉母命再一次赴京科考，这次终于登上了进士第。孟郊喜不自胜，当即写下了自己生平“第一快诗”。对于常年陪跑，时常感伤的孟郊，这次无论怎么开心高兴，都不为过。为他高兴。

如今赢得将衰老，
闲看人间得意人。

《偶兴》罗隐

逐队随行二十春，
曲江池畔避车尘。
如今赢得将衰老，
闲看人间得意人。

2023

03/19

农历二月廿八

星期日

注：

晚唐诗人罗隐也是一直科考不中，号称“十举不第”，陪跑长达二十年。此时已能作豁达语，闲看别人得意，已然佛了。

春生云梦泽，
水溢洞庭湖。

《送王员外赴长沙》贾至

携手登临处，巴陵天一隅。
春生云梦泽，水溢洞庭湖。
共叹虞翻枉，同悲阮籍途。
长沙旧卑湿，今古不应殊。

2023

03/20

农历二月廿九

星期一

注：

“春生云梦泽，水溢洞庭湖”一联很美、很静。这是借美景反衬朋友王员外离去的哀情。从被冤的虞翻、途穷的阮籍两个典故来看，这位王员外很可能是不幸被贬长沙。

仲春初四日，
春色正中分。

《春分日》徐铉

仲春初四日，春色正中分。
绿野裴回月，晴天断续云。
燕飞犹个个，花落已纷纷。
思妇高楼晚，歌声不可闻。

2023

03/21

农历二月三十

春分

星期二

注：

今日春分，宜看云、看花、放风筝。春分一方面是指一天内白天和黑夜的时间平分，各占 12 小时；二是过去以立春至立夏为春季，春分正当春季 3 个月之中，平分了春季。

掬水月在手，
弄花香满衣。

《春山夜月》于良史

春山多胜事，赏玩夜忘归。
掬水月在手，弄花香满衣。
兴来无远近，欲去惜芳菲。
南望鸣钟处，楼台深翠微。

2023

03/22

农历闰二月初一

世界水日

星期三

注：

陈传兴所执导纪录片“诗词三部曲”中的最后一部，讲述学者叶嘉莹生平故事的纪录片《掬水月在手》，便取名于此。

玄都观里桃千树，
尽是刘郎去后栽。

《元和十年自朗州承召至京戏赠看花诸君子》刘禹锡

紫陌红尘拂面来，
无人不道看花回。
玄都观里桃千树，
尽是刘郎去后栽。

2023

03/23

农历闰二月初二

星期四

注：

刘禹锡刚从被贬的湖南回到中央，意有牢骚，说“玄都观里桃千树，尽是刘郎去后栽”。不想由此招祸，同一年就被贬到更远的广东。

种桃道士归何处，
前度刘郎今又来。

《再游玄都观》刘禹锡

百亩庭中半是苔，
桃花净尽菜花开。
种桃道士归何处，
前度刘郎今又来。

2023

03/24

农历闰二月初三

星期五

注：

时隔十四年，打不倒的刘禹锡又一次回到中央，再逞口舌之快。当初如红霞般的桃花，和如日中天的权贵们，此刻都已无存。刘禹锡感叹中又带自得，自己终于成了时间的赢家。

人面不知何处去，
桃花依旧笑春风。

《题都城南庄》崔护

去年今日此门中，
人面桃花相映红。
人面不知何处去，
桃花依旧笑春风。

2023

03/25

农历闰二月初四

星期六

注：

据说崔护到长安应试，偶遇一美丽少女，产生思慕之意，次年重返寻觅，已不可见。

时有落花至，远随流水香。

《阙题》刘昚虚

道由白云尽，春与青溪长。
时有落花至，远随流水香。
闲门向山路，深柳读书堂。
幽映每白日，清辉照衣裳。

2023

03/26

农历闰二月初五

星期日

注：

清代李慈铭《越缦堂诗话》中说：“‘时有落花至，远随流水香’十字，亦有禅谛。”此诗原本题目已不得知。在唐代殷璠《河岳英灵集》辑录此诗时便已经没有题目，后人因以“阙题”名之。

自惭居处崇，
未睹斯民康。

《郡斋雨中与诸文士燕集》
韦应物

兵卫森画戟，宴寝凝清香。
海上风雨至，逍遥池阁凉。
烦疴近消散，嘉宾复满堂。
自惭居处崇，未睹斯民康。
理会是非遣，性达形迹忘。
鲜肥属时禁，蔬果幸见尝。
俯饮一杯酒，仰聆金玉章。
神欢体自轻，意欲凌风翔。
吴中盛文史，群彦今汪洋。
方知大藩地，岂曰财赋强。

2023

03/27

农历闰二月初六

星期一

注：

与佛系的刘昚虚独自闭门看书不同，韦应物则是参加热热闹闹的文士集会，自称极为开怀地俯饮一杯酒，快活舒畅地仰聆金玉章。“自惭”未必是真惭，“神欢”是真欢吗？其实也未必。

千药万方治不得，
唯应闭目学头陀。

《眼暗》白居易

早年勤倦看书苦，
晚岁悲伤出泪多。
眼损不知都自取，
病成方悟欲如何。
夜昏乍似灯将灭，
朝暗长疑镜未磨。
千药万方治不得，
唯应闭目学头陀。

2023

03/28

农历闰二月初七

星期二

注：

从此诗看，作为元稹的好友，白居易早年读书大概拼得多，绝不是那种懒懒的状态，而是发奋苦读。中唐诗人们的健康很有问题，白居易眼暗，韩愈牙缺，古人养生那套未必真行。

纵逢晴景如看雾，
不是春天亦见花。

《眼病二首 · 其一》白居易

散乱空中千片雪，
蒙笼物上一重纱。
纵逢晴景如看雾，
不是春天亦见花。
僧说客尘来眼界，
医言风眩在肝家。
两头治疗何曾瘥，
药力微茫佛力赊。

2023

03 / 29

农历闰二月初八

星期三

注：

白居易自叙眼病，求医问玄，说法又不一，只能是“药力微茫佛力赊”了。

必若不能分黑白，
却应无悔复无尤。

《病眼花》白居易

头风目眩乘衰老，
只有增加岂有瘳。
花发眼中犹足怪，
柳生肘上亦须休。
大窠罗绮看才辨，
小字文书见便愁。
必若不能分黑白，
却应无悔复无尤。

2023

03/30

农历闰二月初九

星期四

注：

白居易的眼花还伴有头部不适，程度不断加剧，唯有以“看不见也好”自释。

四時最好是三月
一去不回唯少年

《三月》韩偓

辛夷才谢小桃发，
蹋青过后寒食前。
四时最好是三月，
一去不回唯少年。
吴国地遥江接海，
汉陵魂断草连天。
新愁旧恨真无奈，
须就邻家瓮底眠。

2023

03/31

农历闰二月初十

星期五

注：

韩偓是晚唐诗人，擅长艳诗，但也有清新之句。《石园诗话》中将“四时最好是三月，一去不回唯少年”“一夜雨声三月尽，万般人事五更头”“故人每忆心先见，新酒偷尝手自开”“人泊孤舟青草岸，鸟鸣高树夕阳村”称为佳句。

2023

04

四月南風大麥黄
棗花未落桐葉長

李頎詩送陳章甫 [illegible]

世人皆欲杀，
吾意独怜才。

《不见》杜甫

不见李生久，佯狂真可哀。
世人皆欲杀，吾意独怜才。
敏捷诗千首，飘零酒一杯。
匡山读书处，头白好归来。

2023

04/01

农历闰二月十一

愚人节

星期六

注：

李生，指李白。杜甫的一句“世人皆欲杀”，无意中成为李白当时艰难处境的写照。牵涉永王叛乱，在当时成为李白的重大污点，虽然逃得一死，但可想而知，李白当时是极度尴尬和压抑的。

暂伴月将影，

行乐须及春。

《月下独酌四首·其一》李白

花间一壶酒，独酌无相亲。
举杯邀明月，对影成三人。
月既不解饮，影徒随我身。
暂伴月将影，行乐须及春。
我歌月徘徊，我舞影零乱。
醒时同交欢，醉后各分散。
永结无情游，相期邈云汉。

2023

04/02

农历闰二月十二

星期日

注：

这首诗是典型的“平地抠饼”，无友人，无故事，非良辰，亦无甚美景，李白却全凭天才奇想，胸口一喷，而得名诗。伟大的诗人总是和人世间的种种彼此龃龉冒犯，却又总和天地万物息息相通；他们永远孤独，但又永不孤独。

玲珑骰子安红豆，
入骨相思知不知。

《南歌子词二首·其二》
温庭筠

井底点灯深烛伊，
共郎长行莫围棋。
玲珑骰子安红豆，
入骨相思知不知。

2023

04/03

农历闰二月十三

星期一

注：

手中玲珑骰子上，红点深入骨内，就好似相思入骨。全诗处处双关，“井底点灯”为“深烛”，双关“深嘱”；“长行”本为一种赌戏，又双关“长久远行”；“围棋”双关“违期”。这使人不觉想到白居易“相思始觉海非深”句，女主人公用情之铭心刻骨，让人动容。

春城无处不飞花，
寒食东风御柳斜。

《寒食》韩翃

春城无处不飞花，
寒食东风御柳斜。
日暮汉宫传蜡烛，
轻烟散入五侯家。

2023

04/04

农历闰二月十四

寒食

星期二

注：

今日寒食。寒食在夏历冬至后 105 日，一般在清明节前一两天。诗人韩翃此诗写得极好，含有些微讽喻，但皇帝并不怪罪。《本事诗》载，唐德宗阅后，特意赐予他“驾部郎中知制诰”的显职。由于当时江淮刺史与韩翃同名，德宗特意亲书此诗，并批道：“与此韩翃。”

异国清明节，
空江寂寞春。

《遣兴》韦庄

如幻如泡世，多愁多病身。
乱来知酒圣，贫去觉钱神。
异国清明节，空江寂寞春。
声声林上鸟，唤我北归秦。

2023

04/05

农历闰二月十五

清明

星期三

注：

今日清明，宜踏青。首句出自《金刚般若波罗蜜经》：“一切有为法，如梦幻泡影，如露亦如电，应作如是观。”译者鸠摩罗什是大知识分子，虽为佛教徒，但有诗人的灵魂和手段。

山花如绣颊，
江火似流萤。

《夜下征虏亭》李白

船下广陵去，
月明征虏亭。
山花如绣颊，
江火似流萤。

2023

04/06

农历闰二月十六

星期四

注：

李白乘舟下金陵名胜征虏亭，挥笔写就月下美景。此诗似不着力，亦毫不雕琢，却精美如画，一字难易。

李白斗酒诗百篇，
长安市上酒家眠。

《饮中八仙歌》杜甫

知章骑马似乘船，
眼花落井水底眠。
汝阳三斗始朝天，
道逢麴车口流涎，
恨不移封向酒泉。
左相日兴费万钱，
饮如长鲸吸百川，
衔杯乐圣称避贤。
宗之潇洒美少年，
举觞白眼望青天，
皎如玉树临风前。
苏晋长斋绣佛前，
醉中往往爱逃禅。
李白斗酒诗百篇，
长安市上酒家眠。
天子呼来不上船，
自称臣是酒中仙。
张旭三杯草圣传，
脱帽露顶王公前，
挥毫落纸如云烟。
焦遂五斗方卓然，
高谈雄辩惊四筵。

2023

04/07

农历闰二月十七

星期五

注：

这是杜甫的一首著名的“酒鬼群像”诗。“八仙”之中不乏达官显贵，李白名位非高，出场居中，却是当之无愧的主角。其他人或两句，或三句，李白独占四句，刻画也很精妙，能看出杜甫对李白的喜爱。

四月南風大麥黃
棗花未落桐葉長

李頎詩送陳章甫

《送陈章甫》李颀

四月南风大麦黄，
枣花未落桐阴长。
青山朝别暮还见，
嘶马出门思旧乡。
陈侯立身何坦荡，
虬须虎眉仍大颡。
腹中贮书一万卷，
不肯低头在草莽。
东门酤酒饮我曹，
心轻万事如鸿毛。
醉卧不知白日暮，
有时空望孤云高。
长河浪头连天黑，
津口停舟渡不得。
郑国游人未及家，
洛阳行子空叹息。
闻道故林相识多，
罢官昨日今如何。

2023

04/08

农历闰二月十八

星期六

注：

李颀赠别友人陈章甫的诗作。一个是“郑国游人”，一个是“洛阳行子”，皆是不如意人，而当送别之际不作苦涩语，犹能歌咏“东门酤酒饮我曹，心轻万事如鸿毛”，伤感中不失开朗，内心仍怀光亮。

可怜无定河边骨，
犹是春闺梦里人。

《陇西行四首·其二》陈陶

誓扫匈奴不顾身，
五千貂锦丧胡尘。
可怜无定河边骨，
犹是春闺梦里人。

2023

04/09

农历闰二月十九

星期日

注：

首句气势极强，正是为了和后文的极大悲痛形成反差。边关上枯骨无名，春闺中残梦无托，两相映照，更是放大了诗歌蕴含的痛惜和同情。

夜来风雨声，
花落知多少。

《春晓》孟浩然

春眠不觉晓，
处处闻啼鸟。
夜来风雨声，
花落知多少。

2023

04/10

农历闰二月二十

星期一

注：

此诗大致是孟浩然不第后隐居鹿门山所作。用语非常平易，但意境之美，已达诗歌的极诣。

花落家童未扫，
莺啼山客犹眠。

《田园乐七首 · 其六》王维

桃红复含宿雨，
柳绿更带朝烟。
花落家童未扫，
莺啼山客犹眠。

2023

04/11

农历闰二月廿一

星期二

注：

作为孟浩然挚友的王维也爱在春天睡觉。不同的是，隐居在辋川别业的王维睡眠似乎更好，孟浩然还能被鸟啼唤醒，王维则不管不顾，尽管黄莺啼鸣，仍然继续酣睡。

日出眠未起，
屋头闻早莺。

《闻早莺》白居易

日出眠未起，屋头闻早莺。
忽如上林晓，万年枝上鸣。
忆为近臣时，秉笔直承明。
春深视草暇，旦暮闻此声。
今闻在何处，寂寞浔阳城。
鸟声信如一，分别在人情。
不作天涯意，岂殊禁中听。

2023

04/12

农历闰二月廿二

星期三

注：

习惯春天赖床不起的还有白居易。他眼睛虽然不太好使，但听觉棒得多，能够敏锐捕捉到莺鸣。《琵琶行》中有形容音乐的句子“间关莺语花底滑”，看来白居易对莺语颇有研究。

半欲天明半未明，
醉闻花气睡闻莺。

《春晓》元稹

半欲天明半未明，
醉闻花气睡闻莺。
猧儿撼起钟声动，
二十年前晓寺情。

2023

04/13

农历闰二月廿三

星期四

注：

同样是春睡和闻莺，白居易好友元稹的记录就风流得多。不禁让人想起《莺莺传》里张生和崔莺莺的爱情故事。

春窗一觉风流梦，
却是同衾不得知。

《闺情》李商隐

红露花房白蜜脾，
黄蜂紫蝶两参差。
春窗一觉风流梦，
却是同衾不得知。

2023

04/14

农历闰二月廿四

星期五

注：

李商隐这首诗和绝大多数闺情诗都不一样，其他女主都是梦见远方的丈夫，而这首诗的女主似是睡在丈夫身边，却梦见另外的男子。有人说是“尖薄而率”，也有人认为是“寄托深而措辞婉”。

梦中无限风流事，
夫婿多情亦未知。

《乐府杂词三首·其三》
刘言史

不耐檐前红槿枝，
薄妆春寝觉仍迟。
梦中无限风流事，
夫婿多情亦未知。

2023

04/15

农历闰二月廿五

星期六

注：

“不耐”是俗语，相当于“无奈”，含有可爱之意。诗中女主穿着很薄的衣裳已然睡着，但女主梦见的风流事，夫婿如何多情，都不写实，全凭读者想象。或许是个美满甜蜜的故事，又或许是个悲伤哀婉的故事。

傍人不知梦中事，
唯见玉钗时坠枕。

《春梦》杨衡

空庭日照花如锦，
红妆美人当昼寝。
傍人不知梦中事，
唯见玉钗时坠枕。

2023

04/16

农历闰二月廿六

星期日

注：

同样是美人，同样是在睡觉，同样做着虚无缥缈的梦，杨衡笔下女主的梦境并不以身边人来衬托，而是以落下的玉钗来反衬，可见巧思。

闲眠尽日无人到，
自有春风为扫门。

《竹里》李涉

竹里编茅倚石根，
竹茎疏处见前村。
闲眠尽日无人到，
自有春风为扫门。

2023

04/17

农历闰二月廿七

星期一

注：

李涉是隐士诗人，一度出仕，后又复归隐。据《云溪友议》记载，某年李涉乘船，夜间遇到一伙盗贼。得知船上是李涉后，盗贼表示久闻其名，不再抢劫，只希望得到一首诗。于是李涉吟诗一首《井栏砂宿遇夜客》：暮雨萧萧江上村，绿林豪客夜知闻。他时不用逃名姓，世上如今半是君。

近来欲睡兼难睡，夜夜夜深闻子规。

《春夜二首·其一》刘驾

一别杜陵归未期，
只凭魂梦接亲知。
近来欲睡兼难睡，
夜夜夜深闻子规。

2023

04/18

农历闰二月廿八

星期二

注：

欧阳修填《蝶恋花》词，有“庭院深深深几许”句，其中连用三个“深”，李清照很喜欢，用“庭院深深”填了好些词句。唐朝人“夜夜夜深闻子规”等诗句早已用过了这一方法。这类诗句有个有趣的名字，叫“结巴诗”。

来如春梦几多时，
去似朝云无觅处。

《花非花》白居易

花非花，雾非雾，
夜半来，天明去。
来如春梦几多时，
去似朝云无觅处。

2023

04/19

农历闰二月廿九

星期三

注：

《花非花》虽为题目，实际上并无意义，近似于一首白居易版的《无题》诗。整首诗朦胧、梦幻，又极隐晦。开篇的非花、非雾，也让苏东坡获得一丝灵感，写出了“似花还似非花”的名句。

昨日春风欺不在，就床吹落读残书。

《老圃堂》曹邺

邵平瓜地接吾庐，
谷雨干时手自锄。
昨日春风欺不在，
就床吹落读残书。

2023

04/20

农历三月初一

谷雨

星期四

注：

最后一句可与刘攽“唯有南风旧相识，偷开门户又翻书”同读。曹邺，晚唐诗人，与刘驾、聂夷中等齐名。今日谷雨，宜栽种地瓜。

渭北春天树，
江东日暮云。

《春日忆李白》杜甫

白也诗无敌，飘然思不群。
清新庾开府，俊逸鲍参军。
渭北春天树，江东日暮云。
何时一樽酒，重与细论文。

2023

04/21

农历三月初二

星期五

注：

杜甫对李白，相思极深。但他对李白诗歌地位的认知也是比较模糊的，说“李侯有佳句，往往似阴铿”，把李白比拟为南朝诗人阴铿。在此诗中，他又把李白比为南北朝的庾信和鲍照。这一方面是因为杜甫较为推崇南北朝诗人，另外也是局限于时代，很难预料到李白和自己在中国诗歌历史上的崇高地位。

三月三日天气新，长安水边多丽人。

《丽人行》杜甫

三月三日天气新，
长安水边多丽人。
态浓意远淑且真，
肌理细腻骨肉匀。
绣罗衣裳照暮春，
蹙金孔雀银麒麟。
头上何所有？
翠微㔩叶垂鬓唇。
背后何所见？
珠压腰衱稳称身。
就中云幕椒房亲，
赐名大国虢与秦。
紫驼之峰出翠釜，
水精之盘行素鳞。
犀箸厌饫久未下，
鸾刀缕切空纷纶。
黄门飞鞚不动尘，
御厨络绎送八珍。
箫鼓哀吟感鬼神，
宾从杂遝实要津。
后来鞍马何逡巡，
当轩下马入锦茵。
杨花雪落覆白蘋，
青鸟飞去衔红巾。
炙手可热势绝伦，
慎莫近前丞相嗔！

2023

04/22

农历三月初三

上巳节

星期六

注：

杜甫是一名好记者，只有客观陈述，并无主观褒贬，但爱憎自在其中。中国古代，单数相重的日子总是节日。如：一月一，叫元旦。五月五，叫端午。七月七，叫乞巧。九月九，叫重阳。至于今日的三月三，是上巳节，同时也可视为情人节。杜甫的《丽人行》虽是讽喻，同时亦可见这一天长安水边多丽人的盛况。今日宜出游。

读书破万卷，下笔如有神。

《奉赠韦左丞丈二十二韵》
杜甫

纨绔不饿死，儒冠多误身。
丈人试静听，贱子请具陈。
甫昔少年日，早充观国宾。
读书破万卷，下笔如有神。
赋料扬雄敌，诗看子建亲。
李邕求识面，王翰愿卜邻。
自谓颇挺出，立登要路津。
致君尧舜上，再使风俗淳。

2023

04/23

农历三月初四

世界读书日

星期日

注：

大家熟知的“读书破万卷，下笔如有神”，现在通常用于劝学、劝读，实际上本是杜甫自信自夸的句子。杜甫应试不第，年岁渐长，非但没能实现致君尧舜的愿望，反而处处碰壁，素志难伸。青年时期的豪情，终于化为一腔牢骚愤激，痛痛快快地发泄出来。今日世界读书日，宜读书。

剑佩声随玉墀步，
衣冠身惹御炉香。

《早朝大明宫呈两省僚友》
贾至

银烛朝天紫陌长，
禁城春色晓苍苍。
千条弱柳垂青琐，
百啭流莺满建章。
剑佩声随玉墀步，
衣冠身惹御炉香。
共沐恩波凤池上，
朝朝染翰侍君王。

2023

04/24

农历三月初五

星期一

注：

至德三年（758）二月丁未，肃宗大赦天下，改元乾元。此时的李唐政权开始转危为安，朝廷的制度礼仪也在逐步恢复。中书舍人贾至写的这首关于上朝的诗，已隐约可见中兴气象。杜甫、王维均有和诗。

朝回日日典春衣，
每日江头尽醉归。

《曲江二首·其二》杜甫

朝回日日典春衣，
每日江头尽醉归。
酒债寻常行处有，
人生七十古来稀。
穿花蛱蝶深深见，
点水蜻蜓款款飞。
传语风光共流转，
暂时相赏莫相违。

2023

04/25

农历三月初六

星期二

注：

当贾至“朝朝染翰侍君王，衣冠身惹御炉香”时，杜甫则在上朝之后，去典当春天的衣服，以此换酒喝。但就是这样，也还是酒债寻常行处有，读来令人心酸。

沉舟侧畔千帆过，
病树前头万木春。

《酬乐天扬州初逢席上见赠》刘禹锡

巴山楚水凄凉地，
二十三年弃置身。
怀旧空吟闻笛赋，
到乡翻似烂柯人。
沉舟侧畔千帆过，
病树前头万木春。
今日听君歌一曲，
暂凭杯酒长精神。

2023

04/26

农历三月初七

星期三

注：

白居易在筵席上写下《醉赠刘二十八使君》相赠，其中有“举眼风光长寂寞，满朝官职独蹉跎”，在诗中对刘禹锡被贬谪的遭遇表示同情不平。而刘禹锡的回诗“沉舟侧畔千帆过，病树前头万木春”则展现了刘禹锡非常豁达、达观的一面。

芳林新叶催陈叶，

流水前波让后波。

《乐天见示伤微之敦诗晦叔三君子皆有深分因成是诗以寄》刘禹锡

吟君叹逝双绝句，
使我伤怀奏短歌。
世上空惊故人少，
集中惟觉祭文多。
芳林新叶催陈叶，
流水前波让后波。
万古到今同此恨，
闻琴泪尽欲如何。

2023

04/27

农历三月初八

星期四

注：

刘禹锡与白居易同年，而其他诸如吕温、柳宗元、元稹、崔群、崔玄亮等友人，已一一先白居易和刘禹锡而逝。“世上空惊故人少，集中惟觉祭文多”是痛彻心扉之句，“芳林新叶催陈叶，流水前波让后波”则是劝慰、自慰之句，与“病树前头万木春”相似，只不过换了主人公。

行人莫听宫前水，
流尽年光是此声。

《暮春浐水送别》韩琮

绿暗红稀出凤城，
暮云楼阁古今情。
行人莫听宫前水，
流尽年光是此声。

2023

04/28

农历三月初九

星期五

注：

“绿暗红稀”紧扣住了暮春，而“古今情”则将诗旨带到时光的远处，淙淙不绝流淌的“宫前水”所见证的是千万个“行人”的来去和离别。和李白“天下伤心处，劳劳送客亭”有相似之处，但多了时空上的邈远感。

回廊四合掩寂寞，
碧鹦鹉对红蔷薇。

《日射》李商隐

日射纱窗风撼扉，
香罗拭手春事违。
回廊四合掩寂寞，
碧鹦鹉对红蔷薇。

2023

04/29

农历三月初十

星期六

注：

这是一首百无聊赖又空自寂寞的闺情诗。取篇首二字为题，实际上也是无题诗。虽是美好的春天，但“春事违”，所有的一切都是无声的、寂寞的，就连好学舌的鹦鹉也缄默不言。“碧鹦鹉对红蔷薇”，以极浓之色彩，写出了极深之寂寞。

花树不随人寂寞，
数枝犹自出墙来。

《故白岩禅师院》王鲁复

能师还世名还在，
空闭禅堂满院苔。
花树不随人寂寞，
数枝犹自出墙来。

2023

04/30

农历三月十一

星期日

注：

人固然可以“雨打梨花深闭门”，闭门不出，接受寂寞；但花树却管不了那么多，该绽放的就绽放。宋人叶绍翁的“春色满园关不住，一枝红杏出墙来”的诗意应是取法于此。

2023

05

黄鹤楼中吹玉笛
江城五月落梅花

李白詩与史郎中欽聽黃鶴樓上吹笛 東鋒書

田家少闲月，
五月人倍忙。

《观刈麦》白居易

田家少闲月，五月人倍忙。
夜来南风起，小麦覆陇黄。
妇姑荷箪食，童稚携壶浆。
相随饷田去，丁壮在南冈。
足蒸暑土气，背灼炎天光，
力尽不知热，但惜夏日长。
复有贫妇人，抱子在其旁。
右手秉遗穗，左臂悬敝筐。
听其相顾言，闻者为悲伤。
家田输税尽，拾此充饥肠。
今我何功德，曾不事农桑。
吏禄三百石，岁晏有余粮。
念此私自愧，尽日不能忘。

2023

05/01

农历三月十二

劳动节

星期一

注：

这首诗平铺直叙，一气呵成。若非亲身经历，绝难写出这等真实的诗句。妇女、小孩、青年、贫妇各自形象鲜明，农民辛苦劳碌的情景被有力地展现出来。其中“力尽不知热，但惜夏日长”与《卖炭翁》里的“可怜身上衣正单，心忧炭贱愿天寒”是一样的复杂、矛盾与辛酸。

离别家乡岁月多，
近来人事半销磨。

《回乡偶书二首 · 其二》
贺知章

离别家乡岁月多，
近来人事半销磨。
唯有门前镜湖水，
春风不改旧时波。

2023

05 / 02

农历三月十三

星期二

注：

唐玄宗天宝三载（744），贺知章已高寿八十六，终于得辞朝廷官职，返回故乡越州永兴。此时距他离开家乡已有五十多个年头。正如杜甫诗韵“五十年间似反掌”，其中多少物是人非。《回乡偶书》二首都是名篇。

一瓶一钵垂垂老，
千水千山得得来。

《陈情献蜀皇帝》贯休

河北江东处处灾，
唯闻全蜀少尘埃。
一瓶一钵垂垂老，
千水千山得得来。
奈菀幽栖多胜景，
巴歈陈贡愧非才。
自惭林薮龙钟者，
亦得亲登郭隗台。

2023

05/03

农历三月十四

星期三

注：

贯休不远千里赴蜀，献诗给蜀主王建。当时唐朝已亡，王建建立大蜀，自立为帝，故诗题为“蜀皇帝”。王建治蜀有一定功绩，所以贯休在诗中称蜀地“少尘埃”。诗意本是恭维和自荐，渴求重用，算不得“佛”。但“一瓶一钵垂垂老，千水千山得得来”一联却甚有云水禅意。贯休也因此一联被称为“得得和尚”。

少年心事当拏云，
谁念幽寒坐呜呃。

《致酒行》李贺

零落栖迟一杯酒，
主人奉觞客长寿。
主父西游困不归，
家人折断门前柳。
吾闻马周昔作新丰客，
天荒地老无人识。
空将笺上两行书，
直犯龙颜请恩泽。
我有迷魂招不得，
雄鸡一声天下白。
少年心事当拏云，
谁念幽寒坐呜呃。

2023

05/04

农历三月十五

青年节

星期四

注：

今天是青年节。“少年心事”四字，正是全诗之眼。李贺通篇所说都是少年心事。因为“幽寒”、如主父偃一样“困不归”，少年难免自伤，甚至有一些自我怀疑，但又有自我安慰、自我激励。随着“雄鸡一声天下白”，少年决意振作，心境转为开阔。全诗层次错落，造句独特，意象新奇。

兴酣落笔摇五岳，
诗成笑傲凌沧洲。

《江上吟》李白

木兰之枻沙棠舟，
玉箫金管坐两头。
美酒樽中置千斛，
载妓随波任去留。
仙人有待乘黄鹤，
海客无心随白鸥。
屈平词赋悬日月，
楚王台榭空山丘。
兴酣落笔摇五岳，
诗成笑傲凌沧洲。
功名富贵若长在，
汉水亦应西北流。

2023

05/05

农历三月十六

星期五

注：

明代唐汝询称此诗是“因世途迫隘而肆志以行乐也”。这是李白典型的“大言诗”，或者说“狂言诗”，并有些微意气不忿，所以归为“刚”。一般人以大言为诗，艺术水平往往不高，李白发大言却总显得率真可爱。放眼历史长河，屈平辞赋悬日月，楚王台榭空山丘，确实是历史的真实。

夏木已成阴，
公门昼恒静。

《立夏日忆京师诸弟》韦应物

改序念芳辰，烦襟倦日永。
夏木已成阴，公门昼恒静。
长风始飘阁，叠云才吐岭。
坐想离居人，还当惜徂景。

2023

05/06

农历三月十七

立夏

星期六

注：

今日立夏，万物并秀。诗中的第二联“夏木已成阴”，与高骈的“绿树阴浓夏日长”等句写了对夏天相似的感触和认知。全诗闲适平静，但又笼罩着淡淡的倦意和别愁。

林静蚊未生，
池静蛙未鸣。

《首夏》白居易

林静蚊未生，池静蛙未鸣。
景长天气好，竟日和且清。
春禽余哢在，夏木新阴成。
兀尔水边坐，翛然桥上行。
自问一何适，身闲官不轻。
料钱随月用，生计逐日营。
食饱惭伯夷，酒足愧渊明。
寿倍颜氏子，富百黔娄生。
有一即为乐，况吾四者并。
所以私自慰，虽老有心情。

2023

05/07

农历三月十八

星期日

注：

“林静蚊未生”，充满一种珍惜小确幸之感。以蚊入诗，也体现出白居易作诗的直率随和。初夏可谓是夏日最惬意的一段时光，适合游玩，其中很大部分原因在于这时候惹人恼的蚊子暂时未生。一旦逐渐入夏，各式各样的蚊虫都疯狂出没，游玩的体验就不佳了。

体中幸无疾，卧任清风吹。

《咏所乐》白居易

兽乐在山谷，鱼乐在陂池。
虫乐在深草，鸟乐在高枝。
所乐虽不同，同归适其宜。
不以彼易此，况论是与非。
而我何所乐，所乐在分司。
分司有何乐，乐哉人不知。
官优有禄料，职散无羁縻。
懒与道相近，钝将闲自随。
昨朝拜表回，今晚行香归。
归来北窗下，解巾脱尘衣。
冷泉灌我顶，暖水濯四肢。
体中幸无疾，卧任清风吹。
心中又无事，坐任白日移。
或开书一篇，或引酒一卮。
但得如今日，终身无厌时。

2023

05/08

农历三月十九

星期一

注：

白居易作诗讲述自己的快乐观，也畅聊了自己近日的生活状态。一开头“兽乐”“鱼乐”句，随意到极处，几如俚歌民谣。读到后半段，又不禁为他的体健心康、闲适自娱感到快乐与庆幸。书一篇，酒一卮，若无琐事挂心头，便是人间好时节。

相思长有事，
及见却无言。

《喜友人再面》裴说

一别几寒暄，迢迢隔塞垣。
相思长有事，及见却无言。
静坐将茶试，闲书把叶翻。
依依又留宿，圆月上东轩。

2023

05/09

农历三月二十

星期二

注：

诗人裴说与曹松、贯休等颇为友善。而今已不知道诗中再见面的友人是谁，按理说，多年不见，一旦重逢，必是喋喋不休的场景，而裴说这里却是“及见却无言”，看似反常，但仔细一想，却又在情理之中。

长疑即见面，
翻致久无书。

《寄友人》张蠙

恋道欲何如，东西远索居。
长疑即见面，翻致久无书。
𫏐麦深藏雉，淮苔浅露鱼。
相思不我会，明月几盈虚。

2023

05/10

农历三月廿一

星期三

注：

诗人张蠙与朋友分隔两地，时常感觉大家马上能见面，反而导致联系少了，书信皆无。这也是今天的我们极能感同身受的。“甸麦深藏雉”一句，从是王维“雉雊麦苗秀”句化出。

十书九不到，
一到忽经年。

《寄远》贾岛

家住锦水上，
身征辽海边。
十书九不到，
一到忽经年。

2023

05 / 11

农历三月廿二

星期四

注：

古时候的交通不便和战乱，天知道导致了多少封情深意重的书信遗失。贾岛“十书九不到”，其中有一封能够送达的，已然是天幸。正如杜甫所言，“烽火连三月，家书抵万金”。

思家步月清宵立，
忆弟看云白日眠。

《恨别》杜甫

洛城一别四千里，
胡骑长驱五六年。
草木变衰行剑外，
兵戈阻绝老江边。
思家步月清宵立，
忆弟看云白日眠。
闻道河阳近乘胜，
司徒急为破幽燕。

2023

05/12

农历三月廿三

星期五

注：

杜甫入蜀避乱，和家乡、亲人隔绝多年，思念不已。“思家步月清宵立”和“忆弟看云白日眠”实为互文，意思是思念家、思念弟，夜不能寐，白天则昏倦而眠，所谓“忧而反常”。最后提到战场上的好消息，感觉破敌有望，又充满了希冀。诗可能写于当年四五月，因为“河阳近乘胜”是当年三四月事。满纸都是杜甫的一片热血热肠。

青虫也学庄周梦，
化作南园蛱蝶飞。

《初夏戏题》徐夤

长养薰风拂晓吹，
渐开荷芰落蔷薇。
青虫也学庄周梦，
化作南园蛱蝶飞。

2023

05/13

农历三月廿四

星期六

注：

很有趣味的一首小诗。《庄子·齐物论》中说："昔者庄周梦为胡蝶，栩栩然胡蝶也，自喻适志欤！不知周也。"虫化为蝶，本是自然现象，诗人却将其拟为"学庄周"，成为一种主动的风雅，非常有趣。

有孙母未去，出入无完裙。

《石壕吏》杜甫

暮投石壕村，有吏夜捉人。
老翁逾墙走，老妇出门看。
吏呼一何怒，妇啼一何苦。
听妇前致词，三男邺城戍。
一男附书至，二男新战死。
存者且偷生，死者长已矣！
室中更无人，惟有乳下孙。
有孙母未去，出入无完裙。
老妪力虽衰，请从吏夜归。
急应河阳役，犹得备晨炊。
夜久语声绝，如闻泣幽咽。
天明登前途，独与老翁别。

2023

05/14

农历三月廿五

母亲节

星期日

注：

《石壕吏》名垂千古，其内容丰富深刻，能品读的角度很多。而诗中老妪在非常急迫的情况下，挺身而出，“请从吏夜归”，并且迅速给出了让抓丁者能接受的说辞，庇护了儿媳和孙儿，努力避免这一家走向完全覆灭，可见其急智和果决，当真是“可怜天下父母心”。祝所有母亲节日快乐。

莫道弦歌愁远谪，
青山明月不曾空。

《龙标野宴》王昌龄

沅溪夏晚足凉风，
春酒相携就竹丛。
莫道弦歌愁远谪，
青山明月不曾空。

2023

05/15

农历三月廿六

星期一

注：

诗人和友人一起，携带着春酒，沐浴着凉风，在竹丛中会面。诗句将一番野宴描绘得十分美好，也消除了远谪的哀愁。

日落山水静，
为君起松声。

《咏风》王勃

肃肃凉风生，加我林壑清。
驱烟寻涧户，卷雾出山楹。
去来固无迹，动息如有情。
日落山水静，为君起松声。

2023

05/16

农历三月廿七

星期二

注：

毋庸置疑，王勃是天才，从此诗也可见一斑。这首《咏风》很适合在夏天读。起头“肃肃凉风生，加我林壑清”，盎然有古意，似六朝乃至魏晋以前句。“去来固无迹，动息如有情”，将风拟人化，给了它一颗感性的心灵，在日落山水静之时，为君吹拂起松声，仿佛一位多情的友人在向你致意。

独自凭阑无一事，
水风凉处读文书。

《宫词·其八十六》花蕊夫人

薄罗衫子透肌肤，
夏日初长板阁虚。
独自凭阑无一事，
水风凉处读文书。

2023

05/17

农历三月廿八

星期三

注：

花蕊夫人，前蜀主王建妃。这首夏日宫词何等闲适，无所事事，自在读书而已。另有一位蜀主孟昶妃同名为“花蕊夫人”，于国破之际写下“君王城上竖降旗，妾在深宫那得知”，两相对看，当真有天上人间之感。相传李煜身边也有一位花蕊夫人，人称“小花蕊”。

六朝文物草连空，
天淡云闲今古同。

《题宣州开元寺水阁阁下宛溪夹溪居人》杜牧

六朝文物草连空，
天淡云闲今古同。
鸟去鸟来山色里，
人歌人哭水声中。
深秋帘幕千家雨，
落日楼台一笛风。
惆怅无因见范蠡，
参差烟树五湖东。

2023

05/18

农历三月廿九

博物馆日

星期四

注：

诗开篇便讲“六朝文物”的消失，只剩下草野、天光、水色等依旧存在，人事无常而自然永恒。最后忽然又联想到范蠡，感慨不已。杜甫诗里也曾说过“萧条异代不同时”，是一样的惆怅。现存的每一份文物都来之不易，得多加珍惜。今日是博物馆日，宜逛逛博物馆。

莫讶书绅苦，
功成在一毫。

《笔》贯休

莫讶书绅苦，功成在一毫。
自从蒙管录，便觉用心劳。
手点时难弃，身闲架亦高。
何妨成五色，永愿助风骚。

2023

05/19

农历四月初一

星期五

注：

这是一首咏物诗。贯休吟咏一笔，有调侃，亦有自负。“书绅苦”古今同叹，写材料的总是很艰苦的。“何妨成五色”典出五色笔传说。钟嵘《诗品》中载，才子江淹晚年梦到郭璞，对方向江淹索还了一支五色笔，从此江淹才尽，再作不出好诗文。

来是空言去绝踪，
月斜楼上五更钟。

《无题四首·其一》李商隐

来是空言去绝踪，
月斜楼上五更钟。
梦为远别啼难唤，
书被催成墨未浓。
蜡照半笼金翡翠，
麝熏微度绣芙蓉。
刘郎已恨蓬山远，
更隔蓬山一万重。

2023

05/20

农历四月初二

星期六

注：

李商隐是写情高手。短短五十六个字，从梦醒时的情景写起，然后将梦中与梦后、实境与幻觉糅合在一起，达到疑梦疑真、亦梦亦真的效果。现代人虽多写爱情，亦难比肩。

白日何短短，
百年苦易满。

《短歌行》李白

白日何短短，百年苦易满。
苍穹浩茫茫，万劫太极长。
麻姑垂两鬓，一半已成霜。
天公见玉女，大笑亿千场。
吾欲揽六龙，回车挂扶桑。
北斗酌美酒，劝龙各一觞。
富贵非所愿，与人驻颜光。

2023

05/21

农历四月初三

小满

星期日

注：

今日小满。小满有两种解释，一是反映了降雨量大的气候特征：“小满小满，江河渐满”。一是指北方麦类等夏熟作物的籽粒开始灌浆，只是小满，还未完全饱满。但李白的杯中酒却总是满满当当，甚至要同天龙们各饮一觞，足见恣肆狂放。

松月生夜凉，

风泉满清听。

《宿业师山房期丁大不至》

孟浩然

夕阳度西岭，群壑倏已暝。

松月生夜凉，风泉满清听。

樵人归欲尽，烟鸟栖初定。

之子期宿来，孤琴候萝径。

2023

05/22

农历四月初四

星期一

注：

丁大为孟浩然朋友。孟浩然诗多用“清”，往往是清江、清树、清景，连风泉亦满清听。诗人多孤独，但比起“夜中不能寐，起坐弹鸣琴”的阮籍，能够“孤琴候萝径”等待丁大的孟浩然仍是幸福的。

欲取鸣琴弹，
恨无知音赏。

《夏日兰亭怀辛大》孟浩然

山光忽西落，池月渐东上。
散发乘夕凉，开轩卧闲敞。
荷风送香气，竹露滴清响。
欲取鸣琴弹，恨无知音赏。
感此怀故人，中宵劳梦想。

2023

05/23

农历四月初五

星期二

注：

孟浩然的朋友在家中排行似乎都不低，之前是丁大，这里是辛大，此外还有元大等。相比之前抱琴等待丁大的平和，这里的孟浩然就惆怅得多。之后南宋岳飞的《小重山》词中“知音少，弦断有谁听”，或是取法自这里的“欲取鸣琴弹，恨无知音赏”。

烛至萤光灭，
荷枯雨滴闻。

《初出关旅亭夜坐怀王大校书》孟浩然

向夕槐烟起，葱茏池馆曛。
客中无偶坐，关外惜离群。
烛至萤光灭，荷枯雨滴闻。
永怀芸阁友，寂寞滞扬云。

2023

05/24

农历四月初六

星期三

注：

之前说过，孟浩然的朋友多是“大”字辈的。不过这里的王大要比之前的丁大、辛大出名得多，是大诗人王昌龄。当时王昌龄为秘书省校书郎，而芸阁指藏书处，即秘书省。所以孟浩然称王昌龄为“芸阁友”。

寒雨暗深更，
流萤度高阁。

《寺居独夜寄崔主簿》韦应物

幽人寂不寐，木叶纷纷落。
寒雨暗深更，流萤度高阁。
坐使青灯晓，还伤夏衣薄。
宁知岁方晏，离居更萧索。

2023

05/25

农历四月初七

星期四

注：

诗人独自睡不着觉，伴随着“寒雨暗深更，流萤度高阁”这样凄冷幽暗的场景，更觉孤独寒冷了，以至于感到“夏衣薄”。韦应物是京兆杜陵人，出身名门望族，初时不读书，行为放荡，后来忽然用功，成为一代诗人。

黄鹤楼中吹玉笛
江城五月落梅花

《与史郎中钦听黄鹤楼上吹笛》李白

一为迁客去长沙，
西望长安不见家。
黄鹤楼中吹玉笛，
江城五月落梅花。

2023

05/26

农历四月初八

星期五

注：

五月本无梅花，但因笛曲《梅花落》被演绎得太过曼妙动听，眼前仿佛飘落着点点梅花。如此将听觉诉诸视觉，更见荡气回肠。

乔木生夏凉，
流云吐华月。

《同德寺雨后寄元侍御李博士》韦应物

川上风雨来，须臾满城阙。
岧峣青莲界，萧条孤兴发。
前山遽已净，阴霭夜来歇。
乔木生夏凉，流云吐华月。
严城自有限，一水非难越。
相望曙河远，高斋坐超忽。

2023

05/27

农历四月初九

星期六

注：

同德寺在洛阳。元侍御已不可查，李博士应为国子监博士。诗应该是同事、熟人间的日常相赠。写景的“乔木生夏凉，流云吐华月”给人清新之感。

今朝此为别，
何处还相遇。

《初发扬子寄元大校书》
韦应物

凄凄去亲爱，泛泛入烟雾。
归棹洛阳人，残钟广陵树。
今朝此为别，何处还相遇？
世事波上舟，沿洄安得住！

2023

05 / 28

农历四月初十

星期日

注：

此诗一直传诵不衰。“今朝此为别，何处还相遇”让人想起杜甫说过的“人生不相见，动如参与商”。不过韦应物是和朋友两地相隔，而杜甫是和朋友相聚。

开门复动竹，疑是故人来。

《竹窗闻风寄苗发司空曙》李益

微风惊暮坐，临牖思悠哉。
开门复动竹，疑是故人来。
时滴枝上露，稍沾阶下苔。
何当一入幌，为拂绿琴埃。

2023

05/29

农历四月十一

星期一

注：

《会真记》中有“隔墙花影动，疑是玉人来”这样的句子，李益亦有类似的“开门复动竹，疑是故人来”。早在南朝，乐府民歌中的《吴声歌曲》就有“风吹窗帘动，言是所欢来”等类似的句子。心心念念地守候伊人，一见风吹草动便疑是人来，是所有苦思之人的共同感受。

月明古寺客初到，
风度闲门僧未归。

《宿山寺》项斯

栗叶重重复翠微，
黄昏溪上语人稀。
月明古寺客初到，
风度闲门僧未归。
山果经霜多自落，
水萤穿竹不停飞。
中宵能得几时睡，
又被钟声催著衣。

2023

05/30

农历四月十二

星期二

注：

诗人项斯为会昌四年（844）进士，先受知于张籍，后又为国子祭酒杨敬之赏识。此诗中的主人公未能好睡，因为时有钟声响起，有些像是张继《枫桥夜泊》中的“夜半钟声到客船”。

因过竹院逢僧话，
又得浮生半日闲。

《题鹤林寺僧舍》李涉

终日昏昏醉梦间，
忽闻春尽强登山。
因过竹院逢僧话，
又得浮生半日闲。

2023

05/31

农历四月十三

星期三

注：

诗人李涉自号清溪子，名若隐士，实则在朝为官，被贬南方许久，以至于“终日昏昏醉梦间”。末句最为有名，亦作“偷得浮生半日闲”。

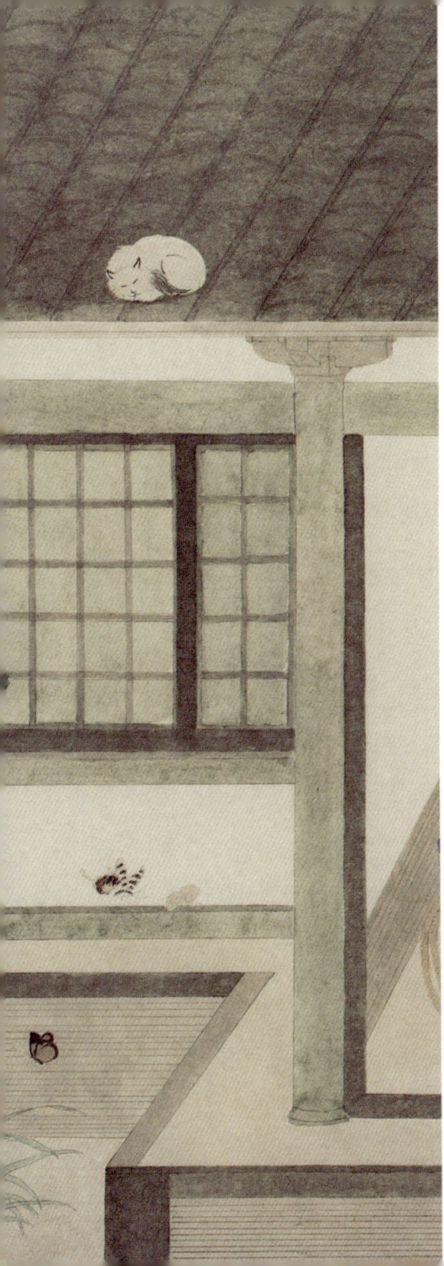

2023

06

火山六月应更热
赤亭道口行人绝

岑参诗送李副使赴碛西官军

不愁日暮还家错，记得芭蕉出槿篱。

《巴女谣》于鹄

巴女骑牛唱竹枝，
藕丝菱叶傍江时。
不愁日暮还家错，
记得芭蕉出槿篱。

2023

06/01

农历四月十四

儿童节

星期四

注：

唐诗里有许多可爱的小孩儿，比如“不解藏踪迹”的采莲小娃，又比如此诗中“不愁还家错”的巴中女孩。当日暮之际，巴女还慢悠悠地骑在牛背上唱歌，似有好心人提醒她天已晚早点回家，而她气定神闲，不怕找不着家，因为她记得家门前有一棵芭蕉高高地挺出了木槿篱笆。

偶向江边采白蘋，
还随女伴赛江神。

《江南曲》于鹄

偶向江边采白蘋，
还随女伴赛江神。
众中不敢分明语，
暗掷金钱卜远人。

2023

06/02

农历四月十五

星期五

注：

于鹄很擅长写这般民歌风格的七言绝句。诗中女主人公情感细腻且害羞，思念丈夫又不敢当众明言，只暗暗地抛掷铜钱来判定吉凶。南宋词人王沂孙的《高阳台》中有“屡卜佳期，无凭却恨金钱”句，即出于此。

火山六月应更热
赤亭道口行人绝

岑参诗送李副使赴碛西官军

《送李副使赴碛西官军》
岑参

火山六月应更热，
赤亭道口行人绝。
知君惯度祁连城，
岂能愁见轮台月。
脱鞍暂入酒家垆，
送君万里西击胡。
功名只向马上取，
真是英雄一丈夫。

2023

06/03

农历四月十六

星期六

注：

这是诗人岑参送友人李副使奔赴碛西军中时的诗作。唐朝政府在碛西设了安西都护府，统辖安西四镇，以靖边地。这首送别诗绝无场景铺陈，字字直抒胸臆，明白如话，格调昂扬。

溪云初起日沉阁，
山雨欲来风满楼。

《咸阳城东楼》许浑

一上高城万里愁，
蒹葭杨柳似汀洲。
溪云初起日沉阁，
山雨欲来风满楼。
鸟下绿芜秦苑夕，
蝉鸣黄叶汉宫秋。
行人莫问当年事，
故国东来渭水流。

2023

06/04

农历四月十七

星期日

注：

许浑有大量吊古伤今的诗，这一首是代表作。“山雨欲来风满楼”脍炙人口。

江流天地外，山色有无中。

《汉江临泛》王维

楚塞三湘接，荆门九派通。
江流天地外，山色有无中。
郡邑浮前浦，波澜动远空。
襄阳好风日，留醉与山翁。

2023

06/05

农历四月十八

环境日

星期一

注：

王维山水诗代表作之一。“江流天地外，山色有无中”，用笔淡至极处，气势却胜过浓墨重彩。明代王世贞说：“‘江流天地外，山色有无中’，是诗家极俊语。”这一句被北宋欧阳修用在词里：“平山阑槛倚晴空，山色有无中。”苏东坡亦由此赞誉：“认得醉翁语，山色有无中。”因为王维此诗是夸誉“襄阳好风日”，欢喜不已，希图一醉，所以说“喜”。

时人不识农家苦，
将谓田中谷自生。

《农家》颜仁郁

夜半呼儿趁晓耕，
羸牛无力渐艰行。
时人不识农家苦，
将谓田中谷自生。

2023

06/06

农历四月十九

芒种

星期二

注：

今日芒种，即为忙种，赶忙耕种。颜仁郁笔下的农家，就是在极为勤劳地进行农事，半夜便起来耕种。而不事农作的“时人”却不知农家苦，还以为稻谷是田地里自然生长的。

一夜青蛙鸣到晓，
恰如方口钓鱼时。

《盆池五首·其一》韩愈

老翁真个似童儿，
汲水埋盆作小池。
一夜青蛙鸣到晓，
恰如方口钓鱼时。

2023

06/07

农历四月二十

星期三

注：

盆池是一种趣味性的装饰，制作过程堪称游戏。方干的《路支使小池》一诗中说“儿童戏穿凿，咫尺见津涯”，与此诗的首句便颇为相似。只是韩愈多了几分自我调侃，用一种幽默的口气说自己童心未泯。

从今有雨君须记，
来听萧萧打叶声。

《盆池五首·其二》韩愈

莫道盆池作不成，
藕稍初种已齐生。
从今有雨君须记，
来听萧萧打叶声。

2023

06 / 08

农历四月廿一

星期四

注：

韩愈的盆池小诗写得很有趣味。第二首讲种的藕，或者说种的荷花已然有一定规模了，可以在下雨的时候，听雨打荷叶声。而与之相似亦相反的是李商隐的“留得枯荷听雨声”，同样听雨打荷叶声，一者是新荷，一者是残荷。

忽然分散无踪影，
惟有鱼儿作队行。

《盆池五首·其三》韩愈

瓦沼晨朝水自清，
小虫无数不知名。
忽然分散无踪影，
惟有鱼儿作队行。

2023

06/09

农历四月廿二

星期五

注：

瓦沼即盆池，瓦盆做的小池子。这样的小诗，往往以趣味取胜，这首诗也确实趣味十足。水盆多虫是常事，而鱼出虫散亦是常事。韩愈却一派童心，认真写出，别有趣味。

岩扉松径长寂寥，
惟有幽人自来去。

《夜归鹿门山歌》孟浩然

山寺钟鸣昼已昏，
渔梁渡头争渡喧。
人随沙岸向江村，
余亦乘舟归鹿门。
鹿门月照开烟树，
忽到庞公栖隐处。
岩扉松径长寂寥，
惟有幽人自来去。

2023

06/10

农历四月廿三

星期六

注：

这是一首描写自己月夜归山情景的隐逸主题的七言古体诗。“庞公”指汉末著名隐士庞德公，孟浩然此举则是效仿、追随庞德公，安心隐居。诗写得很流畅，幽静而又朦胧。

桃花流水窅然去，
别有天地非人间。

《山中问答》李白

问余何意栖碧山，
笑而不答心自闲。
桃花流水窅然去，
别有天地非人间。

2023

06/11

农历四月廿四

星期日

注：

作为孟浩然的崇拜者，李白也曾一度隐居山林。少年时代他曾和逸人东严子隐居岷山。出川后，李白曾在安陆居住十年，隐居在白兆山桃花岩。这首诗就是在那里写的。山不高，如今上面塑有巨大李白雕像，吸引游人登山观赏。

自去自来堂上燕，
相亲相近水中鸥。

《江村》杜甫

清江一曲抱村流，
长夏江村事事幽。
自去自来堂上燕，
相亲相近水中鸥。
老妻画纸为棋局，
稚子敲针作钓钩。
但有故人供禄米，
微躯此外更何求？

2023

06 / 12

农历四月廿五

星期一

注：

杜甫在成都草堂居住时描写自己江村生活的诗作。经过大半生颠沛流离，杜甫在草堂中经历了短暂的安稳时光，得到了故人的接济，解决了生活的燃眉之急，心境一度趋于平静和安宁。这首诗就是这种心态的体现。老妻在纸上画棋盘对弈，孩子敲弯了针来钓鱼，这些细节都充满生活的真实和美好的意趣。

无数蜻蜓齐上下，
一双鸂鶒对沉浮。

《卜居》杜甫

浣花溪水水西头，
主人为卜林塘幽。
已知出郭少尘事，
更有澄江销客愁。
无数蜻蜓齐上下，
一双鸂鶒对沉浮。
东行万里堪乘兴，
须向山阴上小舟。

2023

06/13

农历四月廿六

星期二

注：

诗名《卜居》，出自《楚辞》名篇《卜居》。这个时候的杜甫在亲友的帮助下于浣花溪边营造草堂，有了安身处所，看蜻蜓，看水鸟，较为快乐地创作这首诗，甚至还想象自己可以“东行万里”。“鸂鶒”是水鸟名。欧阳修《蝶恋花》：“鸂鶒滩头风浪晚”。

一夜不眠孤客耳，
主人窗外有芭蕉。

《雨》杜牧

连云接塞添迢递，
洒幕侵灯送寂寥。
一夜不眠孤客耳，
主人窗外有芭蕉。

2023

06/14

农历四月廿七

星期三

注：

杜牧诗中的芭蕉，类似于李商隐笔下“留得枯荷听雨声”的枯荷，都是承接“雨”从而发出声音的对象。不过芭蕉让杜牧心境孤寂，似乎不如李商隐听枯荷时的心情平静洒脱。

行尽疏林见小桥，
绿杨深处有红蕉。

《马上有见》李茂复

行尽疏林见小桥，
绿杨深处有红蕉。
无端眼界无分别，
安置心头不肯销。

2023

06/15

农历四月廿八

星期四

注：

诗人李茂复曾任会府从事，晚岁累官至泗州刺史。红蕉是指红色美人蕉，在一片绿杨之中极为显眼。但诗人却觉得这些红蕉也好，绿杨也好，没什么差别，因为都在心中，挥之不去。

深院下帘人昼寝，
红蔷薇架碧芭蕉。

《深院》韩偓

鹅儿唼喋栀黄觜，
凤子轻盈腻粉腰。
深院下帘人昼寝，
红蔷薇架碧芭蕉。

2023

06 / 16

农历四月廿九

星期五

注：

这首诗描写深院昼寝的情景。全诗设色艳丽，鹅儿的嘴非但写出是黄色，且是“栀黄”，凤蝶之色不但是粉，而且是“腻粉”，都让色调更加鲜明浓郁。红蔷薇和碧芭蕉对比鲜明，亮眼欲滴，而主人公在这样的“深院”里“昼寝”，更显得宁静、慵懒。

升堂坐阶新雨足，
芭蕉叶大栀子肥。

《山石》韩愈

山石荦确行径微，
黄昏到寺蝙蝠飞。
升堂坐阶新雨足，
芭蕉叶大栀子肥。
僧言古壁佛画好，
以火来照所见稀。
铺床拂席置羹饭，
疏粝亦足饱我饥。
夜深静卧百虫绝，
清月出岭光人扉。
天明独去无道路，
出人高下穷烟霏。
山红涧碧纷烂漫，
时见松枥皆十围。
当流赤足踏涧石，
水声激激风吹衣。
人生如此自可乐，
岂必局束为人鞿？
嗟哉吾党二三子，
安得至老不更归。

2023

06 / 17

农历四月三十

星期六

注：

诗歌虽以开头“山石”二字为题，主题却并不在于山石，而是描写自己一次登山游览的经历。作者兴致勃勃地登山，夜宿山寺，观壁画、睡僧榻、啖粗粝，不管收获体验如何，都是乐此不疲。翌日早晨上路，欣赏山中美景，赤足踏入涧水，更是心情畅快，欢乐无极。此诗可见韩愈“以文为诗”的特点，如同散文游记。“芭蕉叶大栀子肥”“僧言古壁佛画好”等句是韩愈独有的诗语，十分幽奇。

试吟青玉案，莫羡紫罗囊。

《又示宗武》杜甫

觅句新知律，摊书解满床。
试吟青玉案，莫羡紫罗囊。
假日从时饮，明年共我长。
应须饱经术，已似爱文章。
十五男儿志，三千弟子行。
曾参与游夏，达者得升堂。

2023

06 18

农历五月初一

父亲节

星期日

注：

今天是父亲节。这是一首杜甫写给儿子宗武的诗，叮嘱孩儿努力学习，不要玩物丧志，从中可见父亲杜甫的爱子之情和良苦用心。紫罗囊出自《晋书·谢玄传》，晋代名将谢玄少年时好佩紫罗香囊，叔父谢安不满意，用婉转的办法将其焚了，纠正了谢玄的毛病。

箭逐云鸿落，鹰随月兔飞。

《观猎》李白

太守耀清威，乘闲弄晚晖。
江沙横猎骑，山火绕行围。
箭逐云鸿落，鹰随月兔飞。
不知白日暮，欢赏夜方归。

2023

06/19

农历五月初二

星期一

注：

李白写了太守行猎时的景象，极言场面的壮观和太守的英武。李白《大猎赋》是描写唐玄宗狩猎场面的：“擺倚天之剑，弯落月之弓。昆仑叱兮可倒，宇宙噫兮增雄。河汉为之却流，川岳为之生风。羽旄扬兮九天绛，猎火燃兮千山红。”

如今风摆花狼藉，
绿叶成阴子满枝。

《叹花》杜牧

自恨寻芳到已迟，
往年曾见未开时。
如今风摆花狼藉，
绿叶成阴子满枝。

2023

06/20

农历五月初三

星期二

注：

晚唐人高彦休《唐阙史》说：杜牧早年游湖州，结识一民间女子，年十余岁。杜牧与其母相约过十年来娶。后十四年，杜牧始出为湖州刺史，女子已嫁人三年，生二子。杜牧感叹其事，故作此诗。事实上此诗有可能不是杜牧所作，杜牧外甥裴延翰为其所编的《樊川文集》中并未载此诗。

夏衣始轻体，
游步爱僧居。

《游开元精舍》韦应物

夏衣始轻体，游步爱僧居。
果园新雨后，香台照日初。
绿阴生昼静，孤花表春余。
符竹方为累，形迹一来疏。

2023

06/21

农历五月初四

夏至

星期三

注：

今日夏至，是全年白昼最长，但却未必是全年最热的一天。而夏日漫长，也应当如韦应物说的“夏衣始轻体”，穿更轻薄、更凉快的衣裳了。

节分端午自谁言，
万古传闻为屈原。

《端午》文秀

节分端午自谁言，
万古传闻为屈原。
堪笑楚江空渺渺，
不能洗得直臣冤。

2023

06/22

农历五月初五

端午节

星期四

注：

今日端午，宜吃粽子。屈原的闻名，一方面在于忠贞，一方面在于诗才。文秀此诗中侧重的是屈原忠贞的一面，李白“屈平词赋悬日月，楚王台榭空山丘”则侧重的是屈原伟大的文学成就。

独坐幽篁里，

弹琴复长啸。

《竹里馆》王维

独坐幽篁里，
弹琴复长啸。
深林人不知，
明月来相照。

2023

06/23

农历五月初六

星期五

注：

这是王维《辋川集》二十首中的第十七首。王维在逐渐淡去了追逐功名之心后，隐居辋川，亦官亦隐。他钟爱辋川一带山水，常和朋友一起写诗歌咏之。《辋川集》便收录了其中二十首诗作。

返景入深林，
复照青苔上。

《鹿柴》王维

空山不见人，
但闻人语响。
返景入深林，
复照青苔上。

2023

06/24

农历五月初七

星期六

注：

与竹里馆一样，鹿柴也是王维辋川别业中的著名景点之一。全诗极为平静淡泊。北宋词人秦观在《书辋川图后》中自叙在汝南做官时久病不愈，看到朋友带来王维的《辋川集》画卷，其中绘有鹿柴等景，如身历其境，同时又读王维《鹿柴》等诗，病竟然不治而愈。

行到水穷处，
坐看云起时。

《终南别业》王维

中岁颇好道，晚家南山陲。
兴来每独往，胜事空自知。
行到水穷处，坐看云起时。
偶然值林叟，谈笑无还期。

2023

06/25

农历五月初八

星期日

注：

这里的“道”，不是道教，而是指佛理。第三联尤其出名，行到水穷处时，似乎已然是绝路，如阮籍便穷途恸哭，然而王维接着就很自然地坐看云起时，蕴藏着一种“应无所住而生其心”的态度。但这两句的好，不在于所谓禅机，而在于说理却不枯涩，本身秀丽如画，有理趣却不减诗趣。

一川风景好，
恨不有吾庐。

《送唐环归敷水庄》贾岛

毛女峰当户，日高头未梳。
地侵山影扫，叶带露痕书。
松径僧寻药，沙泉鹤见鱼。
一川风景好，恨不有吾庐。

2023

06/26

农历五月初九

星期一

注：

贾岛送朋友归去，看见好的风景，也想就此安居，但可惜自己在这又没有房。得亏贾岛和王维不同时，要是贾岛如同裴迪般跟着王维在他的辋川别墅游玩，里面足足有二十个知名景点，可不得更加“羡慕嫉妒恨”？

坐看苍苔色，
欲上人衣来。

《书事》王维

轻阴阁小雨，
深院昼慵开。
坐看苍苔色，
欲上人衣来。

2023

06/27

农历五月初十

星期二

注：

书事，是书写眼前的事物。青苔本是很多人留意不到的，又或者是被铲除的对象，如王安石笔下的“茅檐长扫净无苔”。而王维似乎爱苔，如“返景入深林，复照青苔上”“坐看苍苔色，欲上人衣来”。

泉声咽危石，
日色冷青松。

《过香积寺》王维

不知香积寺，数里入云峰。
古木无人径，深山何处钟。
泉声咽危石，日色冷青松。
薄暮空潭曲，安禅制毒龙。

2023

06/28

农历五月十一

星期三

注：

“安禅”为佛家术语，指身心安然进入清寂宁静的境界。“毒龙”在此比喻俗人的邪念妄想。《涅槃经》：“但我住处有一毒龙，其性暴急，恐相危害。”王维熟练运用佛教术语入诗，从一片幽静景色写来，由外界而至内心，自然至此，不坏诗情画意。

雉雊麦苗秀，
蚕眠桑叶稀。

《渭川田家》王维

斜阳照墟落，穷巷牛羊归。
野老念牧童，倚杖候荆扉。
雉雊麦苗秀，蚕眠桑叶稀。
田夫荷锄至，相见语依依。
即此羡闲逸，怅然吟《式微》。

2023

06/29

农历五月十二

星期四

注：

《式微》出自《诗经》：式微，式微，胡不归？《诗经》原诗应有苦劳役之意，王维此处却无此意，主要是羡慕田野风光和闲逸生活。

青溪谁招隐，白发自相待。

《还山留别长安知己》王季友

出山不见家，还山见家在。
山门是门前，此去长樵采。
青溪谁招隐，白发自相待。
惟余涧底松，依依色不改。

2023

06/30

农历五月十三

星期五

注：

爱看“青溪”的不只是王维，还有同样姓王的王季友。王季友是河南人，在当时也有一定名气，杜甫称其为“豪俊”，岑参赞其为“王生今才人，时辈咸所仰”。

2023

07

七月坐涼宵
金波滿麗譙

袁暉七月閨情詩句

风鸣两岸叶，
月照一孤舟。

《宿桐庐江寄广陵旧游》
孟浩然

山暝听猿愁，沧江急夜流。
风鸣两岸叶，月照一孤舟。
建德非吾土，维扬忆旧游。
还将两行泪，遥寄海西头。

2023

07/01

农历五月十四

建党节

星期六

注：

这是孟浩然应举不第之后的作品，离开长安，来到江淮，但仍旧悲伤。但这种悲伤之意，却不说是因为应举不第，而是说因为人在他乡“建德非吾土”，想念朋友“维扬忆旧游”，如此将自己最真实的愁绪深藏。

香雾云鬟湿，
清辉玉臂寒。

《月夜》杜甫

今夜鄜州月，闺中只独看。
遥怜小儿女，未解忆长安。
香雾云鬟湿，清辉玉臂寒。
何时倚虚幌，双照泪痕干。

2023

07/02

农历五月十五

星期日

注：

丧乱之际，人隔千里，杜甫在对妻儿的强烈相思之下，以极浪漫之诗笔勾勒出一幅闺中望月图，“香雾云鬟湿，清辉玉臂寒”，摹画极美。而自己思念小儿女，却反过来说，“遥怜小儿女，未解忆长安”，说孩子太小还不知道思念父亲，孩子的懵懂纯真和成年人的创痛形成鲜明对比，更增加艺术感染力。

盘云双鹤下，
隔水一蝉鸣。

《赠苗发员外》祖咏

宿雨朝来歇，空山天气清。
盘云双鹤下，隔水一蝉鸣。
古道黄花落，平芜赤烧生。
茂陵虽有病，犹得伴君行。

2023

07/03

农历五月十六

星期一

注：

在《全唐诗》中一作李端所作，题为《茂陵山行陪韦金部》，又或者为《招金部韦员外》。次句也有一字之差，为“空山秋气清”。可见时隔千载，每一首诗的保留都极其不易。

五更疏欲断，
一树碧无情。

《蝉》李商隐

本以高难饱，徒劳恨费声。
五更疏欲断，一树碧无情。
薄宦梗犹泛，故园芜已平。
烦君最相警，我亦举家清。

2023

07/04

农历五月十七

星期二

注：

人处于不同的境遇，看到同一事物的感触也不一样。同样是蝉，虞世南称“居高声自远，非是藉秋风”，自况清高。而际遇坎坷的李商隐则写下“本以高难饱，徒劳恨费声”，清寒自苦。清代施补华《岘佣说诗》称虞世南咏蝉是“清华人语”，而李商隐是“牢骚人语”。

鸳鸯一处两处，
舴艋三家五家。

《胥口即事二首·其一》皮日休

波光杳杳不极，
霁景滄滄初斜。
黑蛱蝶粘莲蕊，
红蜻蜓袅菱花。
鸳鸯一处两处，
舴艋三家五家。
会把酒船偎荻，
共君作个生涯。

2023

07/05

农历五月十八

星期三

注：

皮日休，晚唐诗人，自号鹿门子，又号醉吟先生。咸通八年（867），以榜末及第，后未获得官职。此诗清丽可喜。可惜黄巢兵乱之后，皮日休不知所终，“共君作个生涯”的理想终究难以在乱世实现。

两三条电欲为雨，七八个星犹在天。

《松寺》卢延让

山寺取凉当夏夜，
共僧蹲坐石阶前。
两三条电欲为雨，
七八个星犹在天。
衣汗稍停床上扇，
茶香时拨涧中泉。
通宵听论莲华义，
不藉松窗一觉眠。

2023

07/06

农历五月十九

星期四

注：

诗人卢延让参加科举多达二十五次，直到光化三年（900）才登进士第。辛弃疾《西江月》句“七八个星天外，两三点雨山前”即由此化出。

风吹古木晴天雨，
月照平沙夏夜霜。

《江楼夕望招客》白居易

海天东望夕茫茫，
山势川形阔复长。
灯火万家城四畔，
星河一道水中央。
风吹古木晴天雨，
月照平沙夏夜霜。
能就江楼销暑否？
比君茅舍较清凉。

2023

07/07

农历五月二十

小暑

星期五

注：

今日小暑，小暑即为小热，天气渐渐开始炎热。民间有“小暑大暑，上蒸下煮”之说。“山势川形阔复长”句憨直不拘，“灯火”“星河”句极佳，平中见奇，壮美兼具。末句是轻松调侃，约朋友到清凉处消暑。今日宜避暑。

牧童见客拜，
山果怀中落。

《牧童》刘驾

牧童见客拜，
山果怀中落。
昼日驱牛归，
前溪风雨恶。

2023

07/08

农历五月廿一

星期六

注：

诗人刘驾为大中六年（852）进士，与曹邺为诗友，时称“曹刘”。一般古代诗词中“曹刘”指针锋相对的曹操和刘备，而此处的“曹刘”要和谐得多。此诗中有一个极可爱的牧童形象，见到客人立即拜见，以至于采摘的山果从怀中掉落，极具画面感。

惟有水田衣下客，
大家忙处作闲人。

《题长安僧院》蒋吉

出门争走九衢尘，
总是浮生不了身。
惟有水田衣下客，
大家忙处作闲人。

2023

07/09

农历五月廿二

星期日

注：

这里的“水田衣下客”并非指农夫，而是袈裟用长方形布条连缀而成，宛如稻田，所以这样戏称。天下熙熙皆为利来，天下攘攘皆为利往，所有人都在为名利而忙碌，唯独这些僧人不为所动，可以“忙处作闲人”。

白云还自散，明月落谁家？

《忆东山二首·其一》
李白

不向东山久，
蔷薇几度花。
白云还自散，
明月落谁家？

2023

07/10

农历五月廿三

星期一

注：

李白有名句“清水出芙蓉，天然去雕饰”，既是恭维朋友的诗作清新，同时也是自己写诗的艺术主张。从这首诗就能看出李白这一风格。

蝉响螳螂急，
鱼深翡翠闲。

《溪亭二首 · 其一》许浑

溪亭四面山，横柳半溪湾。
蝉响螳螂急，鱼深翡翠闲。
水寒留客醉，月上与僧还。
犹恋萧萧竹，西斋未掩关。

2023

07 / 11

农历五月廿四

初伏

星期二

注：

今日初伏，南方地区是高温、高湿，而北方地区往往是高温、干燥，但都需避暑。诗人许浑因善用“水”字，人称“许浑千首湿”，这首诗里同样也有“水”字，可见一斑。同时“蝉响螳螂急”，也是夏天最常见的画面。

一骑红尘妃子笑，
无人知是荔枝来。

《过华清宫绝句三首·其一》杜牧

长安回望绣成堆，
山顶千门次第开。
一骑红尘妃子笑，
无人知是荔枝来。

2023

07/12

农历五月廿五

星期三

注：

在唐代，岭南荔枝无法运到长安一带，故苏轼说“此时荔枝自涪州致之，非岭南也”。据多人考证，荔枝成熟的季节，玄宗和贵妃必不在骊山华清宫。玄宗每年冬十月进驻华清宫，次年春即回长安，赶不上荔枝季。但诗歌重在写意，本不必一一求诸史实。

红珠斗帐樱桃熟，
金尾屏风孔雀闲。

《偶游》温庭筠

曲巷斜临一水间，
小门终日不开关。
红珠斗帐樱桃熟，
金尾屏风孔雀闲。
云髻几迷芳草蝶，
额黄无限夕阳山。
与君便是鸳鸯侣，
休向人间觅往还。

2023

07/13

农历五月廿六

星期四

注：

温庭筠笔下正在恋爱的女子十分满足，因为能够与心爱的人在一块闲度时光。“云鬓几迷芳草蝶，额黄无限夕阳山”，当指女子闭门梳妆，容色极美，云鬓如花，连蝴蝶亦被迷惑。额黄是妇女额上的黄色涂饰，像夕阳下的远山一样色彩美丽，而未必是说和夕阳融成一片，就如同“脸上金霞细”也是以霞比喻美丽容颜。

晚暮时看槿，
悲酸不食梅。

《仲夏寄江南》卢殷

五月行将近，三年客未回。
梦成千里去，酒醒百忧来。
晚暮时看槿，悲酸不食梅。
空将白团扇，从寄复裴回。

2023

07 / 14

农历五月廿七

星期五

注：

槿，指木槿花，朝开暮落，通常用于比喻芳华易逝，如李商隐《槿花》：“可怜荣落在朝昏。”诗人说“晚暮时看槿”，心情可知。

午餐何所有，鱼肉一两味。

《夏日闲放》白居易

时暑不出门，亦无宾客至。
静室深下帘，小庭新扫地。
褰裳复岸帻，闲傲得自恣。
朝景枕簟清，乘凉一觉睡。
午餐何所有，鱼肉一两味。
夏服亦无多，蕉纱三五事。
资身既给足，长物徒烦费。
若比箪瓢人，吾今太富贵。

2023

07/15

农历五月廿八

星期六

注：

白居易专有一类“闲适诗”，写自己独处、闲居、玩物等时候的生活状态和心情。卢殷心情不佳，所以“酒醒百忧来”“悲酸不食梅”；而白居易心态闲适自得，食鱼也有滋有味。

痴女饥咬我，啼畏虎狼闻。

《彭衙行》杜甫

忆昔避贼初，北走经险艰。
夜深彭衙道，月照白水山。
尽室久徒步，逢人多厚颜。
参差谷鸟吟，不见游子还。
痴女饥咬我，啼畏虎狼闻。
怀中掩其口，反侧声愈嗔。
小儿强解事，故索苦李餐。
一旬半雷雨，泥泞相牵攀。
既无御雨备，径滑衣又寒。
有时经契阔，竟日数里间。
野果充糇粮，卑枝成屋椽。
早行石上水，暮宿天边烟。
少留周家洼，欲出芦子关。
故人有孙宰，高义薄曾云。
延客已曛黑，张灯启重门。
暖汤濯我足，翦纸招我魂。
从此出妻孥，相视涕阑干。
众雏烂熳睡，唤起沾盘飧。
誓将与夫子，永结为弟昆。
遂空所坐堂，安居奉我欢。
谁肯艰难际，豁达露心肝。
别来岁月周，胡羯仍构患。
何当有翅翎，飞去堕尔前。

2023

07/16

农历五月廿九

星期日

注：

《彭衙行》是一首回忆之作，描写了杜甫在天宝十五载避贼逃难时的艰辛历程，细节非常感人。杜甫的小女儿途中没东西吃，饿到啮咬父亲。危难时刻，朋友孙宰热情接济了杜甫，此事在诗中有详细描写。杜甫是个实心热肠之人，但凡别人帮助了他，他总是无时或忘，念兹在兹。

含情欲说宫中事，
鹦鹉前头不敢言。

《宫词》朱庆馀

寂寂花时闭院门，
美人相并立琼轩。
含情欲说宫中事，
鹦鹉前头不敢言。

2023

07/17

农历五月三十

星期一

注：

诗人朱庆馀，宝历二年（826）进士，早岁得张籍奖掖，诗名广传。此诗写得很美，但表意却很含蓄，写宫中美人，也写她们的战战兢兢、如履薄冰，是另外一种同样很难受的“欲说还休”。

近来偷解人言语，
乱向金笼说是非。

《鹦鹉》子兰

翠毛丹觜乍教时，
终日无寥似忆归。
近来偷解人言语，
乱向金笼说是非。

2023

07/18

农历六月初一

星期二

注：

诗人子兰同时也是位僧人，昭宗时曾任职文章供奉。子兰的这首《鹦鹉》诗，可谓是朱庆馀《宫词》一诗的注释。之前“相并立琼轩”的美人为什么鹦鹉前头不敢言呢，子兰这里就给出了明确的答案：因为这些鹦鹉习惯“乱向金笼说是非”。

禅心竟不起，
还捧旧花归。

《答李季兰》皎然

天女来相试，
将花欲染衣。
禅心竟不起，
还捧旧花归。

2023

07/19

农历六月初二

星期三

注：

诗人皎然为当时著名诗僧，与诸多文士名流来往甚密，与茶圣陆羽、才女李冶李季兰，也都是极为要好的朋友。据说才女李冶向其示好，表露自己心意，皎然便作此诗婉拒。

至高至明日月，
至亲至疏夫妻。

《八至》李冶

至近至远东西，
至深至浅清溪。
至高至明日月，
至亲至疏夫妻。

2023

07/20

农历六月初三

星期四

注：

被皎然婉拒过的才女李冶是很懂感情的，“至”字在诗中反复出现八次，故题名为“八至”。整首诗说的都是浅显但却至真的道理，前三者东西、清溪、日月的出场，都是为最后一句“至亲至疏夫妻”做铺垫，极微妙也极冷峻。

无限旱苗枯欲尽，
悠悠闲处作奇峰。

《云》来鹄

千形万象竟还空，
映水藏山片复重。
无限旱苗枯欲尽，
悠悠闲处作奇峰。

2023

07/21

农历六月初四

中伏

星期五

注：

今日中伏，"伏"是表示阴气受阳气所迫藏伏在地下的意思，依旧气温高、气压低、风速小，应注意避暑。诗人来鹄描写了大旱情景，无限旱苗枯欲尽，快死掉了，但雨就是不来。写云的诗人很多，但来鹄角度独特，选择了其"不作为"的一面。

漠漠水田飞白鹭，
阴阴夏木啭黄鹂。

《积雨辋川庄作》王维

积雨空林烟火迟，
蒸藜炊黍饷东菑。
漠漠水田飞白鹭，
阴阴夏木啭黄鹂。
山中习静观朝槿，
松下清斋折露葵。
野老与人争席罢，
海鸥何事更相疑。

2023

07/22

农历六月初五

星期六

注：

“水田飞白鹭，夏木啭黄鹂”本为李嘉祐诗句，王维加以改造，变为“漠漠水田飞白鹭，阴阴夏木啭黄鹂”，用在诗中，这种方法被称为“偷句”，只要运用得好，也是一种艺术上的再加工。王维改造后的句子明显更为活泼灵动。

火天无处买清风，
闷发时来入梵宫。

《夏日题方师院》施肩吾

火天无处买清风，
闷发时来入梵宫。
只向方师小廊下，
回看门外是樊笼。

2023

07/23

农历六月初六

大暑

星期日

注：

今日大暑，到了湿热交蒸最盛的时候，同时也到了夏日的最后一个节气。诗人施肩吾经历极传奇，他曾进士及第，又复隐居从师学道，晚年避乱入澎湖，成为开发台湾的先驱。这首诗末句的“樊笼”一语双关，既形容院外炎热如火笼，又喻世俗世界对人的束缚。今日宜避暑。

停船暂借问，
或恐是同乡。

《长干曲四首 · 其一》崔颢

君家何处住？
妾住在横塘。
停船暂借问，
或恐是同乡。

2023

07/24

农历六月初七

星期一

注：

短短二十个字，却已然讲出了一个极为精彩且有无限可能的故事。诗中的女主人公采取攻势，是主动的一方，问对方住在哪里。还不等回答，便说自己住在横塘。她或许从他的答话中听出几分乡音，故又说：咱们或许还是同乡呢！其伶俐活泼、可爱大胆，跃然纸上。

同是长干人，自小不相识。

《长干曲四首 · 其二》崔颢

家临九江水，
来去九江侧。
同是长干人，
自小不相识。

2023

07/25

农历六月初八

星期二

注：

这组诗好似民歌，一问一答，如此往复。这般“对唱”的形式，在《乐府诗集》中就称为“相和歌辞”。这一首便轮到男主角答唱了。以“家临九江水”答“君家何处住”，“同是长干人”答“或恐是同乡”。而最有意思的是男主角不去说“今日一见，三生有幸”等场面话，反而说“自小不相识”，遗憾过去没能早点相识，更见心动。

尽日无人看微雨，
鸳鸯相对浴红衣。

《齐安郡后池绝句》杜牧

菱透浮萍绿锦池，
夏莺千啭弄蔷薇。
尽日无人看微雨，
鸳鸯相对浴红衣。

2023

07/26

农历六月初九

星期三

注：

杜牧在齐安的又一名作。末句令人想起金庸笔下瑛姑的唱词：四张机，鸳鸯织就欲双飞，可怜未老头先白，春波碧草，晓寒深处，相对浴红衣。

多少绿荷相倚恨，
一时回首背西风。

《齐安郡中偶题二首·其一》杜牧

两竿落日溪桥上，
半缕轻烟柳影中。
多少绿荷相倚恨，
一时回首背西风。

2023

07/27

农历六月初十

星期四

注：

杜牧不仅为扬州写下了许多名篇，在湖北也多有佳作。诗题中的齐安郡便是后来的湖北黄州，苏轼贬谪之地。这首诗的末两句写出夏景弥足珍贵，一旦秋来，盛景不在，似李璟词中的“还与韶光共憔悴，不堪看”。

七月坐涼宵
金波滿麗譙

袁暉七月閨情詩句　憲年書

《七月闺情》袁晖

七月坐凉宵，金波满丽谯。
容华芳意改，枕席怨情饶。
锦字沾愁泪，罗裙缓细腰。
不如银汉女，岁岁鹊成桥。

2023

07/28

农历六月十一

星期五

注：

唐人的“七月”天气已经开始转凉，所以“七月坐凉宵”。“金波”在古诗词中通常指月光，“丽谯”指华丽的高楼。

我未成名君未嫁，可能俱是不如人。

《偶题》罗隐

钟陵醉别十余春，
重见云英掌上身。
我未成名君未嫁，
可能俱是不如人。

2023

07/29

农历六月十二

星期六

注：

诗名也作《赠妓云英》。此诗的末句“可能俱是不如人”最为令人深思，十年之后的云英依旧是“掌上身”，哪里是个人能力、才华不如人呢？分明是时代和造化弄人。

敢将十指夸纤巧，
不把双眉斗画长。

《贫女》秦韬玉

蓬门未识绮罗香，
拟托良媒益自伤。
谁爱风流高格调，
共怜时世俭梳妆。
敢将十指夸纤巧，
不把双眉斗画长。
苦恨年年压金线，
为他人作嫁衣裳。

2023

07/30

农历六月十三

星期日

注：

诗人秦韬玉笔下的贫女同样有过人的才能，她是另外一个“云英”。她们当真是不如人吗？显然不是。敢将十指夸纤巧，何等的自信自傲，但她的命运却和云英相似，都难以嫁人，并且是白白地“为他人作嫁衣裳”。

采得百花成蜜后，
为谁辛苦为谁甜。

《蜂》罗隐

不论平地与山尖，
无限风光尽被占。
采得百花成蜜后，
为谁辛苦为谁甜。

2023

07/31

农历六月十四

星期一

注：

罗隐笔下的“蜂”，也像极了秦韬玉笔下的“贫女”。他们都兢兢业业、勤勤恳恳，年年压金线，采得百花成蜜，但结果却也完全一样。为谁辛苦为谁甜？为他人作嫁衣裳。

2023

08

年少辞家从冠军，
金妆宝剑去邀勋。

《塞下曲二首·其二》王涯

年少辞家从冠军，
金妆宝剑去邀勋。
不知马骨伤寒水，
唯见龙城起暮云。

2023

08 / 01

农历六月十五

建军节

星期二

注：

诗人王涯贞元八年（792）进士及第，后以左拾遗为翰林学士。他的边塞诗写得很好，一如这首《塞下曲》。冠军指的是抗击匈奴的名将霍去病，跟着这样的英雄率领的军队，一路建功立业，不惧环境恶劣，只顾奋勇向前。

葡萄美酒夜光杯，
欲饮琵琶马上催。

《凉州词·其一》王翰

葡萄美酒夜光杯，
欲饮琵琶马上催。
醉卧沙场君莫笑，
古来征战几人回。

2023

08 / 02

农历六月十六

星期三

注：

诗人王翰景龙四年（710）中进士，性情豪纵，当时即有文名。一句“葡萄美酒夜光杯”，明白如话，看似容易却艰辛。之后的“古来征战几人回”，可与“五千貂锦丧胡尘”同读。

唯愿当歌对酒时，月光长照金樽里。

《把酒问月》李白

青天有月来几时？
我今停杯一问之。
人攀明月不可得，
月行却与人相随。
皎如飞镜临丹阙，
绿烟灭尽清辉发。
但见宵从海上来，
宁知晓向云间没？
白兔捣药秋复春，
嫦娥孤栖与谁邻？
今人不见古时月，
今月曾经照古人。
古人今人若流水，
共看明月皆如此。
唯愿当歌对酒时，
月光长照金樽里。

2023

08/03

农历六月十七

男人节

星期四

注：

女性朋友们拥有许多节日，而男性朋友们多是陪同着过节日。但今天男孩子们应该对自己好一点了，今日适宜像潇洒的李白一样当歌对酒，越喝越有。

孤鸿海上来，
池潢不敢顾。

《感遇十二首·其四》
张九龄

孤鸿海上来，池潢不敢顾。
侧见双翠鸟，巢在三珠树。
矫矫珍木巅，得无金丸惧？
美服患人指，高明逼神恶？
今我游冥冥，弋者何所慕。

2023

08/04

农历六月十八

星期五

注：

张九龄的“感遇”组诗往往寄托深沉。这首诗中，他以高洁的孤鸿自喻，不流连池潢，别人拿自己没有什么办法，即所谓“弋者何所慕”。毛色灿烂的“双翠鸟”则是他所劝诫之人，骄傲自得，却不知大祸随时可能临头，亦有说是指其政敌李林甫、牛仙客等。

山路元无雨，
空翠湿人衣。

《阙题二首·其一》王维

荆溪白石出，
天寒红叶稀。
山路元无雨，
空翠湿人衣。

2023

08 / 05

农历六月十九

星期六

注：

张旭的《山行留客》云："纵使晴明无雨色，入云深处亦沾衣。"与王维诗意极似，描写出树木和云气的润泽。王维作诗极会用颜色，这首诗中一红一翠，鲜艳悦目，意境尽出。

正吟《秋兴赋》，
桐景下西墙。

《夏夜》韦庄

傍水迁书榻，开襟纳夜凉。
星繁愁昼热，露重觉荷香。
蛙吹鸣还息，蛛罗灭又光。
正吟《秋兴赋》，桐景下西墙。

2023

08

06

农历六月二十

星期日

注：

炎热的夏天终于快要结束。热的时候，除了物理上很直观的“开襟”外，韦庄避暑的方法还有吟诵《秋兴赋》，这是西晋潘岳的作品。不免为韦庄感到遗憾，他没法读到欧阳修的《秋声赋》；反过来讲，又为我们能够读到而庆幸。

唯愁秋色至，
乍可在炎蒸。

《夏夜》贾岛

原寺偏邻近，开门物景澄。
磬通多叶罅，月离片云棱。
寄宿山中鸟，相寻海畔僧。
唯愁秋色至，乍可在炎蒸。

2023

08/07

农历六月廿一

星期一

注：

同样是写夏夜，贾岛与绝大多数人都不相同。大部分人都嫌弃夏天过于燥热、难以乘凉、心浮气躁等等。唯独贾岛舍不得夏天，乃至生怕秋天到了，这样他就没法“炎蒸”了。炎蒸即暑热熏蒸。

律变新秋至，
萧条自此初。

《立秋日》司空曙

律变新秋至，萧条自此初。
花酣莲报谢，叶在柳呈疏。
澹日非云映，清风似雨余。
卷帘凉暗度，迎扇暑先除。
草静多翻燕，波澄乍露鱼。
今朝散骑省，作赋兴何如。

2023

08 / 08

农历六月廿二

立秋

星期二

注：

今日立秋，万物开始由繁茂成长趋向成熟和萧索。诗人司空曙于立秋日兴致极好，一度觉得暑气能轻易消除，实际上立秋还在暑热时段，尚未出暑，直至下一个节气处暑才能出暑。今日宜避暑。

秋水才深四五尺，
野航恰受两三人。

《南邻》杜甫

锦里先生乌角巾，
园收芋栗未全贫。
惯看宾客儿童喜，
得食阶除鸟雀驯。
秋水才深四五尺，
野航恰受两三人。
白沙翠竹江村暮，
相送柴门月色新。

2023

08/09

农历六月廿三

星期三

注：

锦里先生是杜甫住在浣花溪草堂时的一位要好的邻居，另外杜甫还写过一首《过南邻朱山人水亭》，可见有了这位邻居的陪伴，杜甫的草堂生活也消除了不少寂寞。此诗如同清亮的水彩画，勾勒出锦里先生安贫乐道、潇洒和蔼的形象。亦有说这也是杜甫的自画像。

自古逢秋悲寂寥，
我言秋日胜春朝。

《秋词二首·其一》刘禹锡

自古逢秋悲寂寥，
我言秋日胜春朝。
晴空一鹤排云上，
便引诗情到碧霄。

2023

08/10

农历六月廿四

末伏

星期四

注：

秋诗似乎可以分为两类，一类是悲秋派，另一类则是“专唱反调”的逸秋派，又称喜秋派。刘禹锡此诗属于后者，认为秋日胜过春天。事实上许多诗人对秋天往往并无固定成见，是悲是喜全看当时心情境遇。杜甫可以写下悲怆的“万里悲秋常作客”，也可以写出可喜的“秋水才深四五尺”，心情迥异。

山明水净夜来霜，
数树深红出浅黄。

《秋词二首 · 其二》刘禹锡

山明水净夜来霜，
数树深红出浅黄。
试上高楼清入骨，
岂如春色嗾人狂。

2023

08

11

农历六月廿五

星期五

注：

刘禹锡两首《秋词》，相互补充，一赞秋气，一咏秋色，相得益彰。当时刘禹锡被贬到朗州，心中有所不平，写这样“故唱反调”的逸秋诗，也有苦中作乐、寻找安慰之意。

海畔尖山似剑铓，
秋来处处割愁肠。

《与浩初上人同看山寄京华亲故》柳宗元

海畔尖山似剑铓，
秋来处处割愁肠。
若为化得身千亿，
散上峰头望故乡。

2023

08/12

农历六月廿六

国际青年节

星期六

注：

同样身遭贬谪，又身处秋天，刘禹锡是“逸秋”，柳宗元则是当之无愧的“悲秋”，所谓处处割愁肠，无一处不令人悲伤。《蔡宽夫诗话》云：“子厚之贬，其忧悲憔悴之叹，发于诗者，特为酸楚。”

思 225

洛阳城里见秋风，
欲作家书意万重。

《秋思》张籍

洛阳城里见秋风，
欲作家书意万重。
复恐匆匆说不尽，
行人临发又开封。

2023

08/13

农历六月廿七

星期日

注：

杜甫说“家书抵万金”。张籍抓住了一个人投书给家里时最微小的细节，因为担心话没有说尽，在信即将登程时又拆开补写。但所谓“十书久不至”，有人寄送家书，就已算是一种幸福了。

两地俱秋夕，
相望共星河。

《新秋夜寄诸弟》韦应物

两地俱秋夕，相望共星河。
高梧一叶下，空斋归思多。
方用忧人瘼，况自抱微痾。
无将别来近，颜鬓已蹉跎。

2023

08/14

农历六月廿八

星期一

注：

新秋夜静，星河耿耿，梧桐叶下，诗人触动了秋思。“归思多”即已点题。然后诗笔荡开，写到了生活近况，“方用忧人瘼”，指要过问民间疾苦，点明了自己的工作性质和状况，“况自抱微痾”又返写身体有恙。最后诗人殷勤寄语诸弟，相见有日，不要摧折了容颜，蹉跎了岁月。“忧人瘼”不是面子话，韦应物后半生为官确实较勤政，且时常有“邑有流亡愧俸钱”等忧民之语。

乡心正无限，
一雁度南楼。

《寒塘》司空曙

晓发梳临水，
寒塘坐见秋。
乡心正无限，
一雁度南楼。

2023

08/15

农历六月廿九

星期二

注：

此诗一作赵嘏诗。末句“乡心正无限，一雁度南楼”，正是思乡情切，忽然一雁飞过，倍增愁思，类似俗语所说的“屋漏偏逢连夜雨”。南宋词人陈允平《塞垣春》有句：“渐一声雁过南楼也，更细雨，时飘洒。”

《茅屋为秋风所破歌》杜甫

八月秋高风怒号，
卷我屋上三重茅。
茅飞渡江洒江郊，
高者挂罥长林梢，
下者飘转沉塘坳。
南村群童欺我老无力，
忍能对面为盗贼。
公然抱茅入竹去，
唇焦口燥呼不得，
归来倚杖自叹息。
俄顷风定云墨色，
秋大漠漠向昏黑。
布衾多年冷似铁，
娇儿恶卧踏里裂。
床头屋漏无干处，
雨脚如麻未断绝。
自经丧乱少睡眠，
长夜沾湿何由彻！
安得广厦千万间，
大庇天下寒士俱欢颜！
风雨不动安如山。
呜呼！
何时眼前突兀见此屋，
吾庐独破受冻死亦足！

2023

08/16

农历七月初一

星期三

注：

杜甫的伟大篇章之一。诗人携全家避难在蜀中，遭遇暴雨，茅屋被损坏，全家被雨淋，夜不能寐。杜甫描写了“长夜沾湿”的狼狈和痛苦，表达了对孩子和家人的心疼和负疚，最后大声呼喊，渴望有广厦万间，庇护世人，自己不惜独死。之前的详尽描写，层层铺垫，正是为了将感情推向高潮。唐代诗人中不乏经历苦痛之人，但杜甫能从自身痛苦中迸发出大慈爱、大温暖，将整个时代包容在里面。

故人入我梦，
明我长相忆。

《梦李白二首·其一》杜甫

死别已吞声，生别常恻恻。
江南瘴疠地，逐客无消息。
故人入我梦，明我长相忆。
恐非平生魂，路远不可测。
魂来枫林青，魂返关塞黑。
君今在罗网，何以有羽翼？
落月满屋梁，犹疑照颜色。
水深波浪阔，无使蛟龙得。

2023

08 / 17

农历七月初二

星期四

注：

不说我梦见故人，而说故人进入我的梦，这是一转，乃至奇。而故人之所以能够入我梦，是因为他明白我对他的思念，又是一转，乃至情。字里行间无不流露出诗人对李白的深切思念。

三夜频梦君，
情亲见君意。

《梦李白二首·其二》杜甫

浮云终日行，游子久不至。
三夜频梦君，情亲见君意。
告归常局促，苦道来不易。
江湖多风波，舟楫恐失坠。
出门搔白首，若负平生志。
冠盖满京华，斯人独憔悴。
孰云网恢恢，将老身反累。
千秋万岁名，寂寞身后事。

2023

08/18

农历七月初三

星期五

注：

这首诗描写了梦中情景，同时也是诗人对李白近况的想象。“冠盖满京华，斯人独憔悴”，充满了对李白遭遇的怜惜与不平，而“千秋万岁名，寂寞身后事”，则是对包括李白在内无数才高而志不伸之人的同情。事实上，杜甫一生也未逃脱这十个字的笼罩。

天骄远塞行，
出鞘宝刀鸣。

《塞上曲二首·其一》王涯

天骄远塞行，
出鞘宝刀鸣。
定是酬恩日，
今朝觉命轻。

2023

08/19

农历七月初四

星期六

注：

《乐府诗集》作王维诗，《万首唐人绝句》作王涯诗，《唐诗纪事》则作张仲素诗。

塞虏常为敌，
边风已报秋。

《塞上曲二首·其二》王涯

塞虏常为敌，
边风已报秋。
平生多志气，
箭底觅封侯。

2023

08/20

农历七月初五

出伏

星期日

注：

诗人王涯与韩愈为同榜进士，于乐府、五绝颇为擅长。此诗刚健雄壮，虽时代已入中唐，但仍有一股盛唐气象。

寄言班定远，
正是立功年。

《从军词三首·其二》王涯

燕颔多奇相，
狼头敢犯边。
寄言班定远，
正是立功年。

2023

08/21

农历七月初六

星期一

注：

“燕颔”形容相貌威武。《后汉书》中形容班超相貌是“燕颔、虎颈，飞而食肉，此万里侯相也”。后班超出使西域，令五十余国臣服，果然被封为定远侯。

从此无心爱良夜，
任他明月下西楼。

《写情》李益

水纹珍簟思悠悠，
千里佳期一夕休。
从此无心爱良夜，
任他明月下西楼。

2023

08 / 22

农历七月初七

七夕

星期二

注：

李益的这首诗放在七夕看，似乎也很适宜。七夕当然是佳期，秦观的词亦说“佳期如梦”。另外牛郎织女不也正是“千里”之隔，且一年一约？而假如其中一人失约，可不就是无心爱良夜，任他明月下西楼？明月恰好又是七夕的重要意象。

更催飞将追骄虏，
莫遣沙场匹马还。

《军城早秋》严武

昨夜秋风入汉关，
朔云边月满西山。
更催飞将追骄虏，
莫遣沙场匹马还。

2023

08/23

农历七月初八

处暑

星期三

注：

据史载，严武以崔旰为汉州刺史，使将兵击吐蕃于西山，连拔其城，攘地数百里。作为杜甫的好友，严武其人实乃文武双全，多被杜甫称赞。今日处暑，暑气始消。

寒树依微远天外，
夕阳明灭乱流中。

《自巩洛舟行人黄河即事寄府县僚友》韦应物

夹水苍山路向东，
东南山豁大河通。
寒树依微远天外，
夕阳明灭乱流中。
孤村几岁临伊岸，
一雁初晴下朔风。
为报洛桥游宦侣，
扁舟不系与心同。

2023

08/24

农历七月初九

星期四

注：

这是韦应物的一首赠友诗。诗歌通常被人误会为“不肯好好说话”，事实上恰恰相反，诗歌是“把难以表达的事物用最好的方式来表达”。比如夕阳下水面的复杂光影，原本极难表达，但白居易“半江瑟瑟半江红”、韦应物“夕阳明灭乱流中”就都极其精妙地表达出来了。

树树皆秋色，山山唯落晖。

《野望》王绩

东皋薄暮望，徙倚欲何依。
树树皆秋色，山山唯落晖。
牧人驱犊返，猎马带禽归。
相顾无相识，长歌怀采薇。

2023

08/25

农历七月初十

星期五

注：

初唐诗人王绩名篇。王绩是后来著名诗人王勃的叔祖父，性格洒脱不羁，嗜酒，善于田园诗作。

置酒烧枯叶，
披书坐落花。

《策杖寻隐士》王绩

策杖寻隐士，行行路渐赊。
石梁横涧断，土室映山斜。
孝然纵有舍，威辇遂无家。
置酒烧枯叶，披书坐落花。
新垂滋水钓，旧结茂陵罝。
岁岁长如此，方知轻世华。

2023

08/26

农历七月十一

星期六

注：

王绩之隐，极其闲逸，似乎有喝不完的酒和看不完的书。除了这里的“置酒烧枯叶，披书坐落花”，还有“散诞时须酒，萧条懒向书”“相逢一醉饱，独坐数行书”“纵横抱琴舞，狼藉枕书眠”等等。

从来山水韵，
不使俗人闻。

《山夜调琴》王绩

促轸乘明月，
抽弦对白云。
从来山水韵，
不使俗人闻。

2023

08/27

农历七月十二

星期日

注：

王绩非但爱好酒和书，琴也是他的最爱之一。据传他曾改编琴曲《山水操》，为知音者所赏。山夜调琴，因为隐居生活孤独，“相顾无相识”，所以自己的山水之韵索性也不使俗人闻。

相思一夜情多少，
地角天涯不是长。

《燕子楼诗三首·其一》
张仲素

楼上残灯伴晓霜，
独眠人起合欢床。
相思一夜情多少，
地角天涯不是长。

2023

08 / 28

农历七月十三

星期一

注：

燕子楼在徐州，是唐代尚书张愔家的一座小楼。张愔有爱妓名盼盼。在张愔去世后，盼盼感念旧爱，独居燕子楼十余年。后来张仲素和白居易写诗歌咏此事，三唱三和。其中白居易对此诗的和诗为：满床明月满帘霜，被冷灯残拂卧床。燕子楼中霜月夜，秋来只为一人长。

荒城背流水，
远雁入寒云。

《盩厔县郑礒宅送钱大》
郎士元

暮蝉不可听，落叶岂堪闻。
共是悲秋客，那知此路分。
荒城背流水，远雁入寒云。
陶令门前菊，余花可赠君。

2023

08/29

农历七月十四

星期二

注：

此诗一作《送别钱起》，又作《送友人别》。唐人高仲武的《中兴间气集》对比钱起、郎士元两人诗时，认为体调相似，但郎士元更闲雅，近于谢灵运，其例证便是此诗中的“荒城背流水，远雁入寒云”。

石脉水流泉滴沙，
鬼灯如漆点松花。

《南山田中行》李贺

秋野明，秋风白，
塘水漻漻虫啧啧。
云根苔藓山上石，
冷红泣露娇啼色。
荒畦九月稻叉牙，
蛰萤低飞陇径斜。
石脉水流泉滴沙，
鬼灯如漆点松花。

2023

08/30

农历七月十五

中元节

星期三

注：

李贺不愧为“诗鬼”，诗中时常鬼气森森，摄人心魂。一如这里的“鬼灯如漆点松花”，其他诗里的“秋坟鬼唱鲍家诗”“呼星召鬼歆杯盘”等都是。今日是中元节。

唯有贫兼病，
能令亲爱疏。

《岭下卧疾寄刘长卿员外》
包佶

唯有贫兼病，能令亲爱疏。
岁时供放逐，身世付空虚。
肜弱秋添絮，头风晓废梳。
波澜喧众口，藜藿静吾庐。
丧马思开卦，占鸮懒发书。
十年江海隔，离恨子知予。

2023

08/31

农历七月十六

星期四

注：

有“唯有贫兼病，能令亲爱疏”这样现实又惨痛感触的不仅仅是包佶一个人，与之类似的还有“多病故人疏”的孟浩然，“偶病成疏散，因贫得寂寥”的罗隐。诗人的不幸也多是相通的。

2023

09

輪臺九月風夜吼
一川碎石大如斗

岑參詩句 明空孟輝書

輪臺九月風夜吼
一川碎石大如斗

岑參詩句 明冬范耀書

《走马川行奉送出师西征》
岑参

君不见走马川行雪海边，
平沙莽莽黄入天。
轮台九月风夜吼，
一川碎石大如斗，
随风满地石乱走。
匈奴草黄马正肥，
金山西见烟尘飞，
汉家大将西出师。
将军金甲夜不脱，
半夜军行戈相拨，
风头如刀面如割。
马毛带雪汗气蒸，
五花连钱旋作冰，
幕中草檄砚水凝。
虏骑闻之应胆慑，
料知短兵不敢接，
车师西门伫献捷。

2023

09/01

农历七月十七

星期五

注：

夜风嘶吼，碎石如斗，战场环境极度恶劣，但是唐军军威凛凛，将士用命，让匈奴闻风丧胆。全诗像一首行军曲，节奏紧凑，雄浑壮美。“马毛带雪汗气蒸，五花连钱旋作冰”，这种观察入微的细节描写，只有岑参这种真正有过军旅生活的才能写出，令人叫绝。

故乡临桂水，今夜渺星河。

《旅宿淮阳亭口号》张九龄

日暮荒亭上，悠悠旅思多。
故乡临桂水，今夜渺星河。
暗草霜华发，空亭雁影过。
兴来谁与晤，劳者自为歌。

2023

09/02

农历七月十八

星期六

注：

张九龄此诗高远清淡，以素简质朴的语言，寄托深远的人生概叹。“空亭雁影过”与“乡心正无限，一雁度南楼”异曲同工。

问姓惊初见，称名忆旧容。

《喜见外弟又言别》李益

十年离乱后，长大一相逢。
问姓惊初见，称名忆旧容。
别来沧海事，语罢暮天钟。
明日巴陵道，秋山又几重。

2023

09/03

农历七月十九

星期日

注：

“问姓惊初见，称名忆旧容”，人人应当都有过这样的体验，因为分别太久，初见时还以为是陌生人，等到说出名字才醒悟是老友。唐诗中写过这种感觉的不止李益，与之相似的还有“马上相逢久，人中欲认难”的郎士元、“乍见翻疑梦，相悲各问年”的司空曙。

谁言千里自今夕，
离梦杳如关塞长。

《送友人》薛涛

水国蒹葭夜有霜，
月寒山色共苍苍。
谁言千里自今夕，
离梦杳如关塞长。

2023

09/04

农历七月二十

星期一

注：

薛涛是著名女诗人，被称为“工绝句，无雌声”，这在当时是一种赞誉。这首送别的名篇，前两句写景，月寒山远，让人想起王昌龄的“山长不见秋城色，日暮蒹葭空水云”；后两句写情极巧妙，离梦之“长”本身是很难量化的，而“杳如关塞长”一语双关，一者见出绵延极远，二者关塞难以跨越，既深刻、痛楚，又迷离、梦幻。

长教碧玉藏深处，
总向红笺写自随。

《寄旧诗与元微之》薛涛

诗篇调态人皆有，
细腻风光我独知。
月下咏花怜暗澹，
雨朝题柳为欹垂。
长教碧玉藏深处，
总向红笺写自随。
老大不能收拾得，
与君开似教男儿。

2023

09/05

农历七月廿一

星期二

注：

薛涛和元稹相友善，传说两人曾有过一段恋情。有人甚至言之凿凿，说元稹负心薄情，薛涛痴心错付。事实上两人除情感纠葛外，还有艺术上的惺惺相惜。这首诗很有意思，既像元稹的风格，又似薛涛手笔，所以它的标题也产生了两种说法，一说是《寄旧诗与元微之》，一说是《寄旧诗与薛涛因成长句》，连到底是谁写给谁的都分不清了。

易求无价宝，难得有心郎。

《赠邻女》鱼玄机

羞日遮罗袖，愁春懒起妆。
易求无价宝，难得有心郎。
枕上潜垂泪，花间暗断肠。
自能窥宋玉，何必恨王昌。

2023

09/06

农历七月廿二

星期三

注：

这句流传甚广，在金庸小说里连女魔头李莫愁都曾经引用，感叹情路艰辛。诗人鱼玄机才貌双全，却情路不顺，最后因杖杀婢女而被处死，令人叹息。她曾有句“自恨罗衣掩诗句，举头空羡榜中名”，表达自己有才情，却因为身为女子，受困于时代，无法博取功名，体现出自信与不甘。

如斯为远客，
始是好男儿。

《送谏官南迁》贯休

危行危言者，从天落海涯。
如斯为远客，始是好男儿。
瘴杂交州雨，犀揩马援碑。
不知千万里，谁复识辛毗。

2023

09/07

农历七月廿三

星期四

注：

这是贯休送友人南迁的诗。友人是一名谏官，因言得祸，招致贬黜。贯休称他为“危行危言者”，典出孔子所说“邦有道，危言危行”，既温慰勉励了失意的朋友，又不犯忌讳。

白云映水摇空城，
白露垂珠滴秋月。

《金陵城西楼月下吟》李白

金陵夜寂凉风发，
独上高楼望吴越。
白云映水摇空城，
白露垂珠滴秋月。
月下沉吟久不归，
古来相接眼中稀。
解道澄江净如练，
令人长忆谢玄晖。

2023

09/08

农历七月廿四

白露

星期五

注：

今日白露。李白登楼望吴越，思念起自己倾慕的大诗人谢朓。“澄江净如练”即是化用谢朓的名句。谢原句作“澄江静如练”。

万里长江水，
平生不印心。

《归故林别知己》贯休

别离无古今，柳色向人深。
万里长江水，平生不印心。
远书容北雁，赠别谢南金。
愧勉青云志，余怀非陆沈。

2023

09/09

农历七月廿五

星期六

注：

贯休诗往往有侠气。这首诗是留别朋友所作，虽然提到“柳色”，但不作小儿女情态，而是表达了自己豁达的态度，正所谓聚散随缘不扰心，无喜无嗔归故林。

自蒙半夜传衣后，
不羡王祥得佩刀。

《谢书》李商隐

微意何曾有一毫，
空携笔砚奉龙韬。
自蒙半夜传衣后，
不羡王祥得佩刀。

2023

09/10

农历七月廿六

教师节

星期日

注：

这首满怀感激的诗，李商隐写给令狐楚老师的，里面用了三个典故。第一个黄石公传了张良《太公兵法》，成就了他的事业；第二个是禅宗五祖弘忍把袈裟传给慧能，后者成为了禅宗六祖；第三个是曹魏时吕虔将一把“领导专用”的宝刀传给了晚辈王祥，最后王祥果然位列三公。李商隐的意思是说，我得到了老师您传的衣钵和学问，比什么都珍贵，就连王祥得到佩刀那样的际遇我也不稀罕了。今天是教师节。

砌香残果落，
汀草宿烟浮。

《旅中怀孙路》贯休

暮尘微雨收，蝉急楚乡秋。
一片月出海，几家人上楼。
砌香残果落，汀草宿烟浮。
唯有知音者，相思歌白头。

2023

09 11

农历七月廿七

星期一

注：

这首怀人诗，不见愁苦，和诗中的秋景一样，悠远恬淡，水到渠成。“砌香残果落，汀草宿烟浮”或从王维“雨中山果落，灯下草虫鸣”化出。

我见世间人，个个争意气。

《我见世间人》
寒山

我见世间人，个个争意气。
一朝忽然死，只得一片地。
阔四尺，长丈二。
汝若会出来争意气，
我与汝立碑记。

2023

09/12

农历七月廿八

星期二

注：

寒山，唐代诗僧。关于他的传说极多，甚至带有神话色彩。据传他隐于天台，与另一位传奇诗僧拾得为友。善于写白话诗。在日本等国有极大影响。此诗是以调侃口吻劝喻世人莫争闲气。

相知岂在多，但问同不同。

《别元九后咏所怀》白居易

零落桐叶雨，萧条槿花风。
悠悠早秋意，生此幽闲中。
况与故人别，中怀正无悰。
勿云不相送，心到青门东。
相知岂在多，但问同不同。
同心一人去，坐觉长安空。

2023

09/13

农历七月廿九

星期三

注：

白居易赠元稹的诗作。元稹一离开，感觉长安都空了，可见白居易眷恋之深。

何当金络脑，快走踏清秋。

《马诗二十三首·其五》
李贺

大漠沙如雪，
燕山月似钩。
何当金络脑，
快走踏清秋。

2023

09/14

农历七月三十

星期四

注：

“金络脑”指马的笼头。李贺天才早逝，诗意多幽僻奇诡，常常可见“鬼、死、泣、血”等字眼，但同时始终怀抱有建功立业之心。这首咏马的诗就是一例。

鼓绝门方掩，萧条作吏心。

《县中秋宿》姚合

鼓绝门方掩，萧条作吏心。
露垂庭际草，萤照竹间禽。
棋罢嫌无月，眠迟听尽砧。
还知未离此，时复更相寻。

2023

09/15

农历八月初一

星期五

注：

姚合与贾岛齐名并称，然诗路稍窄，多描写日常生活和自然景色。这篇写小县府署的庭院，意境幽静。

片云天共远，
永夜月同孤。

《江汉》杜甫

江汉思归客，乾坤一腐儒。
片云天共远，永夜月同孤。
落日心犹壮，秋风病欲苏。
古来存老马，不必取长途。

2023

09 / 16

农历八月初二

星期六

注：

杜甫常以儒者自任，自称“腐儒”，是自嘲窘迫，感慨抱负难伸，但又绝无自我轻贱，反而充满一种理想主义者的执拗和崇高感。尽管天涯漂泊，岁月已经磨洗了他的青春意气，不再自负“白鸥没浩荡”，但仍然怀抱着乐观和热忱，“哀鸣思战斗”，拳拳之心永不歇止。

叹

浮云一别后，
流水十年间。

《淮上喜会梁川故人》
韦应物

江汉曾为客，相逢每醉还。
浮云一别后，流水十年间。
欢笑情如旧，萧疏鬓已斑。
何因不归去？淮上有秋山。

2023

09/17

农历八月初三

星期日

注：

韦应物和故人相遇后的诗作。先叙述当年在江汉把酒共欢的场景，再回忆别离之久。“浮云一别后，流水十年间”为流水对，这似水流年的结果便是鬓斑头白。最后以一句“淮上有秋山”戛然而止，眼前美景未必常驻，而情谊长存。

却下水晶帘，
玲珑望秋月。

《玉阶怨》李白

玉阶生白露，
夜久侵罗袜。
却下水晶帘，
玲珑望秋月。

2023

09 / 18

农历八月初四

星期一

注：

洪亮吉《北江诗话》：“李青莲之诗，佳处在不着纸；杜浣花之诗，佳处在力透纸背。”这一首闺怨诗晶莹剔透，似乎随手拈来，如不着纸，自然天成。

纵然一夜风吹去，
只在芦花浅水边。

《江村即事》司空曙

钓罢归来不系船，
江村月落正堪眠。
纵然一夜风吹去，
只在芦花浅水边。

2023

09 / 19

农历八月初五

星期二

注：

司空曙是大历十才子之一。这首诗清新俊逸，把江村生活的恬然写得极鲜活。不是在江村酣眠过的，写不出这样情景。

深巷久贫知寂寞，
小诗多病尚风流。

《送元昼上人归苏州兼寄张厚二首·其一》许浑

自卜闲居荆水头，
感时相别思悠悠。
一樽酒尽青山暮，
千里书回碧树秋。
深巷久贫知寂寞，
小诗多病尚风流。
昼公此去应相问，
为说沾巾忆旧游。

2023

09/20

农历八月初六

星期三

注：

许浑是晚唐诗人，长于律体。这首诗是送友人之作。“深巷”二句意思是虽然寂寞清贫，却不妨诗酒自娱。对许浑作品争议颇多。明代杨慎评点唐诗，认为许浑浅陋，是“晚唐之尤下者”。而明代胡应麟则认为许浑时有俊语，有可取之处。

胡马近秋侵紫塞，
吴帆乘月下清江。

《吴门送振武李从事》许浑

晚促离筵醉玉缸，
伊州一曲泪双双。
欲携刀笔从新幕，
更宿烟霞别旧窗。
胡马近秋侵紫塞，
吴帆乘月下清江。
嫖姚若许传书檄，
坐筑三城看受降。

2023

09/21

农历八月初七

星期四

注：

许浑除了吊古怀古诗外，送别诗也时有佳作。这首诗是送别朋友从军入幕之作，声称因为敌寇入侵，“胡马近秋侵紫塞”，所以朋友乘船远赴军中，“吴帆乘月下清江”，恭维到位，诗意豪雄。最后预祝朋友建功立业，调子非常高昂。

秋阴不散霜飞晚，
留得枯荷听雨声。

《宿骆氏亭寄怀崔雍崔衮》
李商隐

竹坞无尘水槛清，
相思迢递隔重城。
秋阴不散霜飞晚，
留得枯荷听雨声。

2023

09/22

农历八月初八

星期五

注：

“留得枯荷听雨声”立意精奇。《红楼梦》中林黛玉谈到此诗，称生平不喜欢李商隐，却独爱“留得残荷听雨声”，其实这是反过来说话，名曰不爱，却是爱煞。

一朝携剑起，
上马即如飞。

《少将》李商隐

族亚齐安陆，风高汉武威。
烟波别墅醉，花月后门归。
青海闻传箭，天山报合围。
一朝携剑起，上马即如飞。

2023

09/23

农历八月初九

秋分

星期六

注：

描写了一位建功报国的将领。李商隐先恭维对方家世显赫，又称对方一听闻边关有警，立即携剑而起，奋不顾身，有着过人的忠勇和胆识。今日秋分。

不眠忧战伐，
无力正乾坤。

《宿江边阁》杜甫

暝色延山径，高斋次水门。
薄云岩际宿，孤月浪中翻。
鹳鹤追飞静，豺狼得食喧。
不眠忧战伐，无力正乾坤。

2023

09/24

农历八月初十

星期日

注：

大历元年（766），杜甫寓居夔州，住在长江畔的西阁中。眼前的自然山水也无法使他分心，他关心的仍然是时局。“不眠忧战伐”五个字，道尽杜甫后半生心事。

刚 268

莫取金汤固，
长令宇宙新。

《有感五首·其三》杜甫

洛下舟车人，天中贡赋均。
日闻红粟腐，寒待翠华春。
莫取金汤固，长令宇宙新。
不过行俭德，盗贼本王臣。

2023

09/25

农历八月十一

星期一

注：

杜甫这首诗，针对当时迁都洛阳之议而发，告诫统治者不要妄想金汤永固，更应当关心民间疾苦，多行俭德，否则将来的盗贼不过是被逼反的王化之民而已。

无边落木萧萧下，
不尽长江滚滚来。

《登高》杜甫

风急天高猿啸哀，
渚清沙白鸟飞回。
无边落木萧萧下，
不尽长江滚滚来。
万里悲秋常作客，
百年多病独登台。
艰难苦恨繁霜鬓，
潦倒新停浊酒杯。

2023

09/26

农历八月十二

星期二

注：

这或许是唐诗中最伟大的一次登高。唐代宗大历二年（767）秋，杜甫强撑着病体，在夔州登高，面对无边落木、不尽长江，心潮起伏，写下这首七言律诗。前四句写天地，后四句道人生，雄浑悲壮而又情景交融，律对精当却又全似自然喷薄流出。《杜诗镜铨》称之为“高浑一气，古今独步”。此诗也屡被推为“古今七律第一”。

五岳寻仙不辞远，
一生好入名山游。

《庐山谣寄卢侍御虚舟》李白

我本楚狂人，
凤歌笑孔丘。
手持绿玉杖，
朝别黄鹤楼。
五岳寻仙不辞远，
一生好入名山游。
庐山秀出南斗傍，
屏风九叠云锦张。
影落明湖青黛光，
金阙前开二峰长，
银河倒挂三石梁。
香炉瀑布遥相望，
回崖沓嶂凌苍苍。
翠影红霞映朝日，
鸟飞不到吴天长。
登高壮观天地间，
大江茫茫去不还。
黄云万里动风色，
白波九道流雪山。
好为庐山谣，
兴因庐山发。
闲窥石镜清我心，
谢公行处苍苔没。
早服还丹无世情，
琴心三叠道初成。
遥见仙人彩云里，
手把芙蓉朝玉京。
先期汗漫九垓上，
愿接卢敖游太清。

2023

09/27

农历八月十三

世界旅游日

星期三

注：

李白堪称唐朝旅游的第一代言人，写下的旅游名篇无数，好些旅游景点如果没有李白，其名气几乎都会下降一格。其实唐时的诗人们往往爱远游，杜甫少年、青年时也曾四处游历，“放荡齐赵间，裘马颇清狂”。今日是旅游日，宜游玩。

马上相逢无纸笔，
凭君传语报平安。

《逢入京使》岑参

故园东望路漫漫，
双袖龙钟泪不干。
马上相逢无纸笔，
凭君传语报平安。

2023

09/28

农历八月十四

星期四

注：

这首诗是广为流传的名篇。诗人奔赴远方，遇见入京的使者，欲托其捎带家书回去，但又没有纸笔，无法书写，只能带去口头的致意和问候。

满月飞明镜，
归心折大刀。

《八月十五夜月二首·其一》
杜甫

满月飞明镜，归心折大刀。
转蓬行地远，攀桂仰天高。
水路疑霜雪，林栖见羽毛。
此时瞻白兔，直欲数秋毫。

2023

09/29

农历八月十五

中秋节

星期五

注：

这是杜甫避乱蜀中所作。第一句是借用古乐府里的“何当大刀头，破镜飞上天”，都是借月抒情。而越是满月，越是引起人的愁思，似乎在明月照耀下，才更显得人间相思无所遁形。今日中秋。

乘兴轻舟无近远，
白云明月吊湘娥。

《初至巴陵与李十二白裴九同泛洞庭湖三首·其二》贾至

枫岸纷纷落叶多，
洞庭秋水晚来波。
乘兴轻舟无近远，
白云明月吊湘娥。

2023

09/30

农历八月十六

星期六

注：

深秋的晚上，诗人和李白、裴九驾着轻舟同游洞庭湖，白云明月，秋意盎然，天高水阔，超逸洒脱。

2023

10

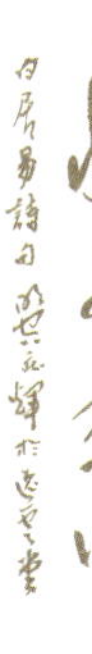

九天阊阖开宫殿，
万国衣冠拜冕旒。

《和贾舍人早朝大明宫之作》王维

绛帻鸡人报晓筹，
尚衣方进翠云裘。
九天阊阖开宫殿，
万国衣冠拜冕旒。
日色才临仙掌动，
香烟欲傍衮龙浮。
朝罢须裁五色诏，
佩声归到凤池头。

2023

10 / 01

农历八月十七

国庆节

星期日

注：

唐肃宗乾元元年（758），唐朝度过了安史之乱最狼狈、混乱的时期，已经收复长安，局面趋于稳定，出现短暂的“中兴”迹象。当时杜甫、王维、贾至等同殿为臣，贾至写了关于大明宫早期的诗作，杜甫等人相和，其中王维的和诗最好，传唱最广，显示了早朝的雍容气象。

朝罢香烟携满袖，
诗成珠玉在挥毫。

《奉和贾至舍人早朝大明宫》杜甫

五夜漏声催晓箭，
九重春色醉仙桃。
旌旗日暖龙蛇动，
宫殿风微燕雀高。
朝罢香烟携满袖，
诗成珠玉在挥毫。
欲知世掌丝纶美，
池上于今有凤毛。

2023

10/02

农历八月十八

星期一

注：

和前述王维诗作背景相同，这一首是杜甫的和诗。相比之下，王维的诗作更堂皇雍容，杜甫的诗作较为灵动，各具特色。

白头宫女在，
闲坐说玄宗。

《行宫》元稹

寥落古行宫，
宫花寂寞红。
白头宫女在，
闲坐说玄宗。

2023

10/03

农历八月十九

星期二

注：

这里的古行宫指的是洛阳上阳宫。这些天宝末年被“潜配”到上阳宫的宫女，冷宫中一待就是数十年，从红颜熬到白发。白头宫女闲坐说玄宗，诗人在描绘这一画面时未加任何主观感情用语，但却给人极大冲击，字里行间充满叹息和同情。

卧迟灯灭后，
睡美雨声中。

《秋雨夜眠》白居易

凉冷三秋夜，安闲一老翁。
卧迟灯灭后，睡美雨声中。
灰宿温瓶火，香添暖被笼。
晓晴寒未起，霜叶满阶红。

2023

10 / 04

农历八月二十

星期三

注：

白居易写自己雨夜安睡的情景。写诗时白居易已六十多岁了，虽然疾病不断，不如意事也有一些，但生活安闲，心境也是清静淡泊，在雨声中也能美美地酣睡。

水月通禅寂，
鱼龙听梵声。

《送僧归日本》钱起

上国随缘住，来途若梦行。
浮天沧海远，去世法舟轻。
水月通禅寂，鱼龙听梵声。
惟怜一灯影，万里眼中明。

2023

10 / 05

农历八月廿一

星期四

注：

钱起是“大历十才子”之一，当时诗名极响亮。这首诗是送僧人回日本时写的，精工锤炼，充满了关怀和体贴，同时又熟练精准地嵌入了佛教用语，紧扣了主题，体现了作者娴熟的技巧和深厚的基本功。

古调虽自爱，
今人多不弹。

《听弹琴》刘长卿

泠泠七弦上，
静听松风寒。
古调虽自爱，
今人多不弹。

2023

10/06

农历八月廿二

星期五

注：

到了唐朝，音乐发生变革，世俗欢快的新乐更受喜爱，高雅的琴曲成了古调，时人多不懂欣赏。刘长卿此诗也有借琴曲言志之意，意喻曲高和寡，无法和俗调同流。

欲报东山客，开关扫白云。

《忆东山二首·其二》李白

我今携谢妓，
长啸绝人群。
欲报东山客，
开关扫白云。

2023

10 / 07

农历八月廿三

星期六

注：

东山是东晋名臣谢安隐居的地方。李白一生以谢安自期，很向往谢安那种入世则定国安邦，出世则淡泊吟咏的人生，“谢公终一起，相与济苍生”“但用东山谢安石，为君谈笑静胡沙”，可惜一生未能施展太多政治抱负。

叹 281

今日爱才非昔日，
莫抛心力作词人。

《蔡中郎坟》温庭筠

古坟零落野花春，
闻说中郎有后身。
今日爱才非昔日，
莫抛心力作词人。

2023

10/08

农历八月廿四

寒露

星期日

注：

蔡中郎是东汉末年著名文人蔡邕，才华出众却境遇悲惨。“闻说中郎有后身”的典故来自蔡邕和张衡，传说在张衡死的那一天，蔡邕的母亲正好怀孕，两个人都是才子，因此人们说蔡邕是张衡的后身。而温诗说蔡邕亦有后身，是在隐指自己了。后两句写得很直白，指现在人才的生存环境比蔡邕时还不如，就别枉费心力去搞创作了。

仰天大笑出门去，我辈岂是蓬蒿人。

《南陵别儿童入京》李白

白酒新熟山中归，
黄鸡啄黍秋正肥。
呼童烹鸡酌白酒，
儿女嬉笑牵人衣。
高歌取醉欲自慰，
起舞落日争光辉。
游说万乘苦不早，
著鞭跨马涉远道。
会稽愚妇轻买臣，
余亦辞家西入秦。
仰天大笑出门去，
我辈岂是蓬蒿人。

2023

10 / 09

农历八月廿五

星期一

注：

天宝元年（742），四十二岁的李白得到唐玄宗召他入京的诏书，非常兴奋，立刻回到南陵家中和儿女告别，并写了这首诗。在乡间的丰稔景色下，李白痛饮高歌，乘醉起舞，一片欢快的气氛。“会稽”一句用西汉朱买臣受妻子轻贱，结果飞黄腾达的故事，指自己大器晚成，有机会青云直上。最后一句，李白的那种得意、自负、踌躇满志，千百年后读来都宛在眼前。

青蝇易相点，白雪难同调。

《翰林读书言怀呈集贤诸学士》李白

晨趋紫禁中，夕待金门诏。
观书散遗帙，探古穷至妙。
片言苟会心，掩卷忽而笑。
青蝇易相点，白雪难同调。
本是疏散人，屡贻褊促诮。
云天属清朗，林壑忆游眺。
或时清风来，闲倚栏下啸。
严光桐庐溪，谢客临海峤。
功成谢人间，从此一投钓。

2023

10 / 10

农历八月廿六

星期二

注：

天宝元年到三载，李白在长安待诏翰林，并没如自己想象的那样青云直上，而是与环境格格不入，且遭人谗毁。这首诗是他心情失落之时写给集贤院学士们的，以表明心迹，陈述情怀，打算像严子陵一样不慕富贵，像谢灵运一样爱慕山水，一旦理想实现，就将归隐山林，毫不恋栈。

但去莫复问，
白云无尽时。

《送别》王维

下马饮君酒，问君何所之。
君言不得意，归卧南山陲。
但去莫复问，白云无尽时。

2023

10/11

农历八月廿七

星期三

注：

王维被称为“诗佛”，诗往往有佛性禅意。这首送别诗就是一例，语淡至极处，清空一片，不留痕迹，又韵味无穷。友人言“不得意”，心情惆怅，王维并不强行疏解，只是劝慰他与山中白云为伴，就足可排遣了。

晚年唯好静，万事不关心。

《酬张少府》王维

晚年唯好静，万事不关心。
自顾无长策，空知返旧林。
松风吹解带，山月照弹琴。
君问穷通理，渔歌入浦深。

2023

10/12

农历八月廿八

星期四

注：

这首诗前四句是王维对自己人生态度的一个总结。随着晚年进取之心愈发淡薄，加上安史之乱中蒙受了一些污点和非议，更使王维倾向于远离俗世，寄情山水。五六句写的是他的隐逸生活和闲情逸趣。最后一句，意味深长：你是要问我有关穷通的道理吗？那我可要唱着渔歌划船走了啊，暗含意思是穷通的至理，恰恰存于自然山水之中。

喜 286

我今垂翅附冥鸿，

他日不羞蛇作龙。

《高轩过》李贺

华裾织翠青如葱，金环压辔摇玲珑。
马蹄隐耳声隆隆，入门下马气如虹。
云是东京才子，文章巨公。
二十八宿罗心胸，九精照耀贯当中。
殿前作赋声摩空，笔补造化天无功。
庞眉书客感秋蓬，谁知死草生华风。
我今垂翅附冥鸿，他日不羞蛇作龙。

2023

10/13

农历八月廿九

星期五

注：

据王定保《唐摭言》载，此诗是李贺七岁所作。后经朱自清等人研究，认为是李贺二十岁时的作品。饶是如此，仍可见李贺大才，其句法、音调、气势极像韩愈诗，是对韩愈的高度赞美。同时皇甫湜、韩愈二人才子巨公、提携后进的形象跃然纸上。

孤灯寒照雨，
湿竹暗浮烟。

《云阳馆与韩绅宿别》
司空曙

故人江海别，几度隔山川。
乍见翻疑梦，相悲各问年。
孤灯寒照雨，湿竹暗浮烟。
更有明朝恨，离杯惜共传。

2023

10 / 14

农历八月三十

星期六

注：

这是一首惜别诗，“乍见翻疑梦，相悲各问年”是名句，久别重逢，喜出望外，又有点难以置信，以为还是在梦中，说明平日牵挂之殷切。杜甫的“夜阑更秉烛，相对如梦寐”也是类似的情感。

此行不为鲈鱼鲙，
自爱名山入剡中。

《秋下荆门》李白

霜落荆门江树空，
布帆无恙挂秋风。
此行不为鲈鱼鲙，
自爱名山入剡中。

2023

10/15

农历九月初一

星期日

注：

这是李白第一次出蜀远游时所作，意气风发，充满了对未来的憧憬。开篇写景色的明净高朗和出游的兴致，第三句用了张翰的典故。西晋时张翰在洛阳做官，见秋风吹起，忽然想念家乡的鲈鱼鲙，于是弃官而去，恰巧因此逃过一场大难。李白反用这个典故，说自己和张翰不同，乐于离开家乡寻找好山好水。

秋山春雨闲吟处，
倚遍江南寺寺楼。

《念昔游三首·其一》杜牧

十载飘然绳检外，
樽前自献自为酬。
秋山春雨闲吟处，
倚遍江南寺寺楼。

2023

10/16

农历九月初二

星期一

注：

杜牧曾因仕途失意，长期滞留南方。《念昔游三首》就是追忆那段时光而写的组诗。这是第一首。前两句写他十年浪迹江南的生活，看上去不受拘束，自得其乐。后两句写游乐，因为悠闲，把江南的寺院都游了个遍。“寺寺楼”用叠字，别有意趣。

半醒半醉游三日，
红白花开山雨中。

《念昔游三首·其三》杜牧

李白题诗水西寺，
古木回岩楼阁风。
半醒半醉游三日，
红白花开山雨中。

2023

10/17

农历九月初三

星期二

注：

李白曾经在水西寺题诗《游水西简郑明府》，描写了水西寺的风景。杜牧亦是寄情山水，聊以自慰。在半醉半醒之间，漫步在山花烂漫的细雨中，陶然自得。

妾梦不离江水上，
人传郎在凤凰山。

《江南行》张潮

茨菰叶烂别西湾，
莲子花开犹未还。
妾梦不离江水上，
人传郎在凤凰山。

2023

10/18

农历九月初四

星期三

注：

此诗极具南方民歌的风格。丈夫离别日久，莲子开花了还没回来，似乎一再违期。女子魂梦相牵，然而良人的消息传来，却在“凤凰山”。全诗到此处便结束。良人究竟变心与否，归与不归，女主人公是喜是愁，一切全凭读者去想象体会。

月落乌啼霜满天，
江枫渔火对愁眠。

《枫桥夜泊》张继

月落乌啼霜满天，
江枫渔火对愁眠。
姑苏城外寒山寺，
夜半钟声到客船。

2023

10 / 19

农历九月初五

星期四

注：

张继，天宝年间进士。这首诗脍炙人口，一江渔火，一艘客船，承载了千余年的秋夜情思。

草萤有耀终非火，
荷露虽团岂是珠。

《放言五首·其一》白居易

朝真暮伪何人辨，
古往今来底事无。
但爱臧生能诈圣，
可知宁子解佯愚。
草萤有耀终非火，
荷露虽团岂是珠。
不取燔柴兼照乘，
可怜光彩亦何殊。

2023

10/20

农历九月初六

星期五

注：

《放言五首》是白居易的一组政治抒情诗。元和五年（810），白居易的好朋友元稹被贬官，写了五首《放言》抒发情怀。数年之后，白居易也被贬官到江州，路上写了《放言五首》相奉。放言就是无所顾忌，畅所欲言。白居易在第一首里写人心难辨，贤愚良莠也不可轻妄而断。

试玉要烧三日满，
辨材须待七年期。

《放言五首·其三》白居易

赠君一法决狐疑，
不用钻龟与祝蓍。
试玉要烧三日满，
辨材须待七年期。
周公恐惧流言日，
王莽谦恭未篡时。
向使当初身便死，
一生真伪复谁知？

2023

10/21

农历九月初七

星期六

注：

“周公”“王莽”二句流传极广。周公在辅佐成王的时候，人们始终怀疑他有篡位的野心，使他难以自辩。王莽是篡位之人，然而早先却假装谦恭，克己守礼，大有贤名。白居易借此告诉人们，不经过时间考验，妄下结论，往往会被表面现象所蒙蔽，不辨真假。

露湿青芜时欲晚，
水流黄叶意无穷。

《寄权器》皇甫冉

露湿青芜时欲晚，
水流黄叶意无穷。
节近重阳念归否，
眼前篱菊带秋风。

2023

10/22

农历九月初八

星期日

注：

皇甫冉，诗风清新，有时被称为“大历十才子”之一，但未必确实。“大历十才子”是指大历年间齐名的十个诗人，具体人选说法不一。这十个人总体成就都不高。

佛 296

但将酩酊酬佳节，
不用登临恨落晖。

《九日齐山登高》杜牧

江涵秋影雁初飞，
与客携壶上翠微。
尘世难逢开口笑，
菊花须插满头归。
但将酩酊酬佳节，
不用登临恨落晖。
古往今来只如此，
牛山何必独沾衣。

2023

10/23

农历九月初九

重阳节

星期一

注：

杜牧和朋友张祜一起于九日登高，写下这首名诗。诗中说，人生坎坷，时光易逝，古往今来都是如此，应当及时行乐。“恨落晖”一作“叹落晖”。

泊舟淮水次，
霜降夕流清。

《泊舟盱眙》韦建

泊舟淮水次，霜降夕流清。
夜久潮侵岸，天寒月近城。
平沙依雁宿，候馆听鸡鸣。
乡国云霄外，谁堪羁旅情。

2023

10/24

农历九月初十

霜降

星期二

注：

这首诗写羁旅思乡。秋江夜景，露重霜寒，孤舟羁旅，愁肠万转。今日霜降。

登高闻古事，
载酒访幽人。

《九日得新字》孟浩然

初九未成旬，重阳即此晨。
登高闻古事，载酒访幽人。
落帽恣欢饮，授衣同试新。
茱萸正可佩，折取寄情亲。

2023

10/25

农历九月十一

星期三

注：

重阳节是最重要的传统节日之一，也是历代诗人留下诗词最多的节日之一，自唐宋以来，无数诗人在这一天登高怀远。孟浩然也在这天登高饮酒，怀念亲人。孟浩然笔下钟爱之人多为“幽人”，如“载酒访幽人”“惟有幽人自来去”。

刚

骁腾有如此，

万里可横行。

《房兵曹胡马诗》杜甫

胡马大宛名，锋棱瘦骨成。
竹批双耳峻，风入四蹄轻。
所向无空阔，真堪托死生。
骁腾有如此，万里可横行。

2023

10/26

农历九月十二

星期四

注：

这是杜甫较早期的作品，充满了青年跃跃欲试的气概。前四句描写了马的外貌，十分矫健神骏。“风入四蹄轻”写马风驰电掣之状，“入”和“轻”字用得很传神。后四句写马的品格志向，不但是用以自况，也是盛唐时期建功立业、蓬勃向上的时代精神的写照。

喜 300

无端隔水抛莲子，
遥被人知半日羞。

《采莲子二首·其二》皇甫松

船动湖光滟滟秋，
贪看年少信船流。
无端隔水抛莲子，
遥被人知半日羞。

2023

10 / 27

农历九月十三

星期五

注：

这首诗描绘了江南水乡的人物风情。采莲姑娘看上岸上的美少年，抓起莲子掷过去，又怕被人瞧见了，既忐忑又羞涩。少女情怀，展露无遗，富有民歌情致。

人生只合扬州死，
禅智山光好墓田。

《纵游淮南》张祜

十里长街市井连，
月明桥上看神仙。
人生只合扬州死，
禅智山光好墓田。

2023

10/28

农历九月十四

星期六

注：

扬州因其繁华富庶，一度是人们心中的人间乐园，所谓“腰缠十万贯，骑鹤上扬州”。杜牧便钟爱扬州，在此留下许多名句。诗人张祜更是语出惊人，说死也要死在扬州，禅智山的风光绝佳，正好当墓地。

衮师我骄儿，
美秀乃无匹。

《骄儿诗》（节选）李商隐

衮师我骄儿，美秀乃无匹。
文葆未周晬，固已知六七。
四岁知名姓，眼不视梨栗。
交朋颇窥观，谓是丹穴物。

2023

10 / 29

农历九月十五

星期日

注：

朋友圈晒娃古已有之，李商隐夸起儿子来不遗余力，称赞孩儿“美秀无匹”，没到周岁就会数数，朋友也都赞不绝口（可能只是礼貌性恭维）。“周晬”是周岁的意思。陶渊明曾经写诗说孩子不长进，只知道找梨和栗吃，贪吃爱玩，李商隐则说自己孩子很好。一种敝帚自珍的老父亲模样跃然纸上，憨态可掬。

须知香饵下，
触口是铦钩。

《放鱼》李群玉

早觅为龙去，
江湖莫漫游。
须知香饵下，
触口是铦钩。

2023

10/30

农历九月十六

星期一

注：

李群玉这首诗写的是放鱼入水的场景，四句都是对鱼的嘱托，让它别留恋江湖闲适，小心那些香饵下的鱼钩。由小见大，诗人对社会险恶的感受可见一斑。

《早冬》白居易

十月江南天气好，
可怜冬景似春华。
霜轻未杀萋萋草，
日暖初干漠漠沙。
老柘叶黄如嫩树，
寒樱枝白是狂花。
此时却羡闲人醉，
五马无由入酒家。

2023

10/31

农历九月十七

星期二

注：

白居易极善于在平凡中发现快乐，甚至是苦中作乐。他说江南的早冬可爱得像是春天，万物未凋，和煦温暖，令人心生喜悦。

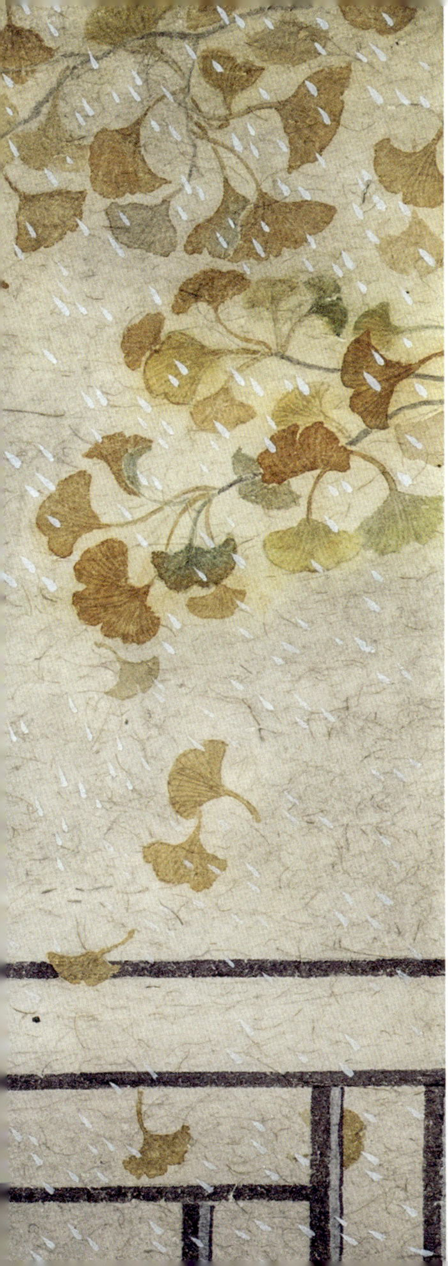

2023

11

邊城十一月
雨雪亂霏霏

高適詩句 朙空莊輝於逸雲堂

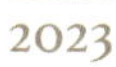

正是客心孤迴处，
谁家红袖凭江楼？

《南陵道中》杜牧

南陵水面漫悠悠，
风紧云轻欲变秋。
正是客心孤迴处，
谁家红袖凭江楼？

2023

11/01

农历九月十八

万圣节

星期三

注：

这首诗大约是杜牧当宣州团练判官时所作。诗人泛舟慢行，心平水也平，风紧了，吹来一丝秋意，心情难免有些低落。正当此时，看到岸边江楼上有美女在凭栏眺望，让平静的旅途多了一点色彩。这首诗的情感是淡淡的，起伏也是缓缓的。最后一句，恰如一颗小小石子投入湖面，慢慢荡开涟漪，韵味无穷。

芙蓉生在秋江上，
不向东风怨未开。

《下第后上永崇高侍郎》
高蟾

天上碧桃和露种，
日边红杏倚云栽。
芙蓉生在秋江上，
不向东风怨未开。

2023

11 / 02

农历九月十九

星期四

注：

高蟾是晚唐诗人。他屡考不中，曾经在考院墙壁上题诗：“冰柱数条撑白日，天门几扇锁明时？阳春发处无根蒂，凭仗东风次第吹。”这首诗也是在落第之后写的，前两句用“碧桃”和“红杏”比喻有门路的人，后两句用芙蓉自比，慨叹时运不济。好在作诗后的第二年，高蟾终于高中，芙蓉毕竟还是开了。

酒酣夜别淮阴市，
月照高楼一曲歌。

《赠少年》温庭筠

江海相逢客恨多，
秋风叶下洞庭波。
酒酣夜别淮阴市，
月照高楼一曲歌。

2023

11 / 03

农历九月二十

星期五

注：

温庭筠才华出众，文思敏捷，却终身潦倒。这首诗意兴豪迈，在温庭筠辞藻华丽的作品中独树一帜。

世间富贵应无分，
身后文章合有名。

《编集拙诗成一十五卷因题卷末戏赠元九李二十》白居易

一篇长恨有风情，
十首秦吟近正声。
每被老元偷格律，
苦教短李伏歌行。
世间富贵应无分，
身后文章合有名。
莫怪气粗言语大，
新排十五卷诗成。

2023

11 / 04

农历九月廿一

星期六

注：

白居易编完十五卷诗集，给朋友写诗显摆，自夸成就。全诗轻快又戏谑，得意扬扬，又一派天真。“世间富贵应无分”透露了他被贬的失意，“身后文章合有名”又充分展现了他对自己才能的自信。

月俸百千官二品，
朝廷雇我作闲人。

《从同州刺史改授太子少傅分司》白居易

承华东署三分务，
履道西池七过春。
歌酒优游聊卒岁，
园林萧洒可终身。
留侯爵秩诚虚贵，
疏受生涯未苦贫。
月俸百千官二品，
朝廷雇我作闲人。

2023

11/05

农历九月廿二

星期日

注：

白居易的诗有不少都在“算账”，包括写自己的俸银。当秘书省校书郎，“俸钱万六千”；任拾遗后，“俸钱三十万”；任京兆户曹参军时“俸钱四五万”；贬为江州司马时，“月俸六七万”；这会儿当太子少傅“月俸百千官二品，朝廷雇我作闲人”，钱多事少，太爽了。

今朝有酒今朝醉，
明日愁来明日愁。

《自遣》罗隐

得即高歌失即休，
多愁多恨亦悠悠。
今朝有酒今朝醉，
明日愁来明日愁。

2023

11 / 06

农历九月廿三

星期一

注：

罗隐参加科举，据称十次都考不上，于是作《自遣》。

人事有代谢，往来成古今。

《与诸子登岘山》孟浩然

人事有代谢，往来成古今。
江山留胜迹，我辈复登临。
水落鱼梁浅，天寒梦泽深。
羊公碑尚在，读罢泪沾襟。

2023

11 / 07

农历九月廿四

星期二

注：

这首诗是孟浩然凭吊岘山的羊公碑所作。晋代名臣羊祜曾在此山喟叹：“自有宇宙，便有此山。由来贤达胜士，登此远望，如我与卿者多矣，皆湮没无闻，使人悲伤！”孟浩然登临之时怀念羊祜，感叹人事代谢，羊公也已成为历史，唯有时光永恒流淌，难免“泪沾襟”。

冬日诚可爱，不如夜漏多。

《冬夜答客》鲍溶

冬日诚可爱，不如夜漏多。
幸君霜露里，车马犯寒过。
学耕不逢年，稂莠败黍禾。
岂唯亲宾散，鸟鼠移巢窠。
独见青松心，凌霜庇柔萝。
壮日贱若此，留恩意如何。
因忆古丈夫，一言重山河。
临风弹楚剑，为子奏燕歌。

2023

11 / 08

农历九月廿五

立冬

星期三

注：

鲍溶，中唐诗人。这首诗里以青松喻朋友，而以柔萝自比，以此感谢朋友的庇护。今日立冬。

砌下梨花一堆雪，
明年谁此凭阑干？

《初冬夜饮》杜牧

淮阳多病偶求欢，
客袖侵霜与烛盘。
砌下梨花一堆雪，
明年谁此凭阑干？

2023

11 / 09

农历九月廿六

星期四

注：

杜牧官运不济，被外放鄙陋州郡，形同贬谪。诗里用西汉的直臣汲黯自比，表现自己仕途受挫的隐痛，陈说未来的不可预料。全诗如一位意兴阑珊的少女，虽然惆怅，但是丝毫不减秀丽，“砌下梨花一堆雪”美丽如画。

粥熟呼不起，日高安稳眠。

《风雪中作》白居易

岁暮风动地，夜寒雪连天。
老夫何处宿，暖帐温炉前。
两重褐绮衾，一领花茸毡。
粥熟呼不起，日高安稳眠。
是时心与身，了无闲事牵。
以此度风雪，闲居来六年。
忽思远游客，复想早朝士。
踊冻侵夜行，凌寒未明起。
心为身君父，身为心臣子。
不得身自由，皆为心所使。
我心既知足，我身自安止。
方寸语形骸，吾应不负尔。

2023

11 / 10

农历九月廿七

星期五

注：

高床暖枕，粥熟了也不起来，白居易的晚年生活真是让人羡慕。

横笛闻声不见人，
红旗直上天山雪。

《从军行》陈羽

海畔风吹冻泥裂，
枯桐叶落枝梢折。
横笛闻声不见人，
红旗直上天山雪。

2023

11/11

农历九月廿八

星期六

注：

陈羽，中唐诗人。全诗非常壮美。前两句极写环境恶劣，行军之苦。后两句却不直写将士，写横笛和红旗，通过笛声悠扬，红旗漫卷，写出了士兵们的精神面貌。“红旗直上天山雪”，颜色的对比非常强烈，加上一个“直上”，更显得昂扬。

炉温先暖酒，
手冷未梳头。

《初冬早起寄梦得》白居易

起戴乌纱帽，行披白布裘。
炉温先暖酒，手冷未梳头。
早起烟霜白，初寒鸟雀愁。
诗成遣谁和，还是寄苏州。

2023

11 / 12

农历九月廿九

星期日

注：

白居易有不少写冬天的诗：“十月江南天气好，可怜冬景似春华”是明丽的，“杲杲冬日出，照我屋南隅”是温暖的，“夜深知雪重，时闻折竹声”是静谧的。这首诗是含蓄而深情的，一早起来，得了好句，找谁相和呢？当然还是刘禹锡。

宁为宇宙闲吟客，
怕作乾坤窃禄人。

《自叙》杜荀鹤

酒瓮琴书伴病身，
熟谙时事乐于贫。
宁为宇宙闲吟客，
怕作乾坤窃禄人。
诗旨未能忘救物，
世情奈值不容真。
平生肺腑无言处，
白发吾唐一逸人。

2023

11/13

农历十月初一

星期一

注：

杜荀鹤是晚唐著名诗人，有不少作品关注时事和百姓生活。这首诗说自己不甘和污浊的世界同流，虽然关心时事，满怀热忱，却又无法言说。名虽隐逸，但肝肠如雪、心热如火的形象跃然纸上。

逢人不说人间事，
便是人间无事人。

《赠质上人》杜荀鹤

枿坐云游出世尘，
兼无瓶钵可随身。
逢人不说人间事，
便是人间无事人。

2023

11/14

农历十月初二

星期二

注：

质上人过着神仙般出世绝尘的生活，不是打坐，就是云游。别的和尚出门还带一瓶一钵喝水吃饭，他连这些也不带，真正的赤条条来去无牵挂。更绝的是，他从来不提人间事，不关心也不议论，与世无争，让人羡慕。诗虽然是写质上人，其实也是自勉兼自嘲。谁老忍不住要说人间事呢？正是诗人自己。

今夜不知何处宿，

平沙万里绝人烟。

《碛中作》岑参

走马西来欲到天，
辞家见月两回圆。
今夜不知何处宿，
平沙万里绝人烟。

2023

11/15

农历十月初三

星期三

注：

岑参的边塞诗代表作之一。第一句写出了大漠的天高地远，气势全开；第二句柔情陡生，满含思乡之情；三、四两句又回到大漠，行军艰苦却充满豪情，“平沙万里绝人烟”从空间上营造了浩瀚无尽之感，韵味无穷。

蓬莱有路教人到，
应亦年年税紫芝。

《新沙》陆龟蒙

渤澥声中涨小堤，
官家知后海鸥知。
蓬莱有路教人到，
应亦年年税紫芝。

2023

11 / 16

农历十月初四

星期四

注：

海浪冲刷出了一块地，唐朝官家居然比海鸥更早知道，就等着收租收税。只要有一点可以压榨百姓的机会，他们就无孔不入。倘若蓬莱可以到，官家也会跑去“税紫芝”吧？诗笔辛辣，却又让人忍俊不禁。

少年识事浅，强学干名利。

《赠从弟司库员外絿》王维

少年识事浅，强学干名利。
徒闻跃马年，苦无出人智。
即事岂徒言，累官非不试。
既寡遂性欢，恐招负时累。
清冬见远山，积雪凝苍翠。
浩然出东林，发我遗世意。
惠连素清赏，夙语尘外事。
欲缓携手期，流年一何驶。

2023

11 / 17

农历十月初五

星期五

注：

王维写给从弟王紞的诗，借机聊了自己的心事。先说自己少年热心功名利禄，渴望上进，后来思想发生变化，热情逐渐消退，日益“佛系”。“苦无出人智”是自谦，也是自嘲。

射禽风助箭，走马雪翻尘。

《观猎骑》司空曙

缠臂绣纶巾，貂裘窄称身。
射禽风助箭，走马雪翻尘。
金埒争开道，香车为驻轮。
翩翩不知处，传是霍家亲。

2023

11 / 18

农历十月初六

星期六

注：

司空曙笔下的观猎诗也极精彩，直追王维“草枯鹰眼疾，雪尽马蹄轻”、李白“箭逐云鸿落，鹰随月兔飞”，而描写更为细腻，注重细节趣味上的刻画和捕捉，与李白、王维诗作不同。

愁来占吉梦，
老去惜良辰。

《客舍有怀因呈诸在事》
崔峒

读书常苦节，待诏岂辞贫。
暮雪犹驱马，晡餐又寄人。
愁来占吉梦，老去惜良辰。
延首平津阁，家山日已春。

2023

11 / 19

农历十月初七

星期日

注：

崔峒，“大历十才子”之一。此时应是在客舍等待消息，似乎作者心怀忐忑，又抱有一份期待。“愁来”正是对这种忐忑的描述，而“吉梦”是一种心理宽慰。

不才明主弃，
多病故人疏。

《岁暮归南山》孟浩然

北阙休上书，南山归敝庐。
不才明主弃，多病故人疏。
白发催年老，青阳逼岁除。
永怀愁不寐，松月夜窗虚。

2023

11 / 20

农历十月初八

星期一

注：

孟浩然落第，岁数已不小了，归山之际心情沮丧。据传孟浩然曾经有机会遇到唐玄宗，吟诵了这首作品，玄宗听到“不才明主弃”后不悦，说：“卿不求仕，而朕未弃卿，奈何诬我？”结果可想而知，真的遭遇“明主弃”了。

君埋泉下泥销骨，
我寄人间雪满头。

《梦微之》白居易

夜来携手梦同游，
晨起盈巾泪莫收。
漳浦老身三度病，
咸阳草树八回秋。
君埋泉下泥销骨，
我寄人间雪满头。
阿卫韩郎相次去，
夜台茫昧得知不？

2023

11 / 21

农历十月初九

星期二

注：

这首诗是元稹去世九年后白居易所作的怀念亡友之诗。白居易和元稹生前交好，彼此为知音。元稹去世后，白居易老病缠身，看着身边的后辈也先自己而去，他不但有知音已去的孤寂之苦，更有世事难料的无常之叹。

愁人正在书窗下，
一片飞来一片寒。

《小雪》戴叔伦

花雪随风不厌看，
更多还肯失林峦。
愁人正在书窗下，
一片飞来一片寒。

2023

11 / 22

农历十月初十

小雪

星期三

注：

戴叔伦，中唐诗人。其诗多表现隐逸生活的闲适情调。人在窗下，雪入窗来，一静一动，颇有况味。今日小雪，天越来越冷了。

雁山横代北，
狐塞接云中。

《送魏大从军》陈子昂

匈奴犹未灭，魏绛复从戎。
怅别三河道，言追六郡雄。
雁山横代北，狐塞接云中。
勿使燕然上，惟留汉将功。

2023

11/23

农历十月十一

感恩节

星期四

注：

这首诗是陈子昂送朋友魏大从军时写的。起句劈头就是“匈奴犹未灭”，道出朋友从戎的缘由。“雁山横代北，狐塞接云中”，那无限辽阔的江山，正是朋友用武之地。最后陈子昂勉励朋友立业建功，超越汉将，充满了昂扬进取的时代精神。

静

夜卧闻夜钟，
夜静山更响。

《山夜闻钟》张说

夜卧闻夜钟，夜静山更响。
霜风吹寒月，窈窕虚中上。
前声既春容，后声复晃荡。
听之如可见，寻之定无像。
信知本际空，徒挂生灭想。

2023

11 / 24

农历十月十二

星期五

注：

“夜卧闻夜钟，夜静山更响”，以静写动，静而觉响是自然常理。而与之相反的是王籍《入若耶溪》中的“蝉噪林逾静，鸟鸣山更幽”，以动写静，反其道而行，令人更觉幽静。可见写寂静之幽深者，果然都是以声音衬托而愈显其深。

邊城十一月
雨雪亂霏霏

高適詩句　朗空莊輝於逸雲堂

《蓟门行五首 · 其三》高适

边城十一月，雨雪乱霏霏。
元戎号令严，人马亦轻肥。
羌胡无尽日，征战几时归。

2023

11 / 25

农历十月十三

星期六

注：

《蓟门行五首》是高适的边塞组诗。这首写边境不宁，将士难归，同情之外，还带着深深的担忧。

少小虽非投笔吏，
论功还欲请长缨。

《望蓟门》祖咏

燕台一去客心惊，
箫鼓喧喧汉将营。
万里寒光生积雪，
三边曙色动危旌。
沙场烽火连胡月，
海畔云山拥蓟城。
少小虽非投笔吏，
论功还欲请长缨。

2023

11 / 26

农历十月十四

星期日

注：

祖咏是盛唐时一位经历奇特的诗人，仕途不顺，最后隐逸，据说是渔樵终老。幸有这首《望蓟门》，展现了他性情中的另外一面。诗人描写闻名已久的边塞重镇，但见山川险要、气势雄浑，部队军营整肃、军威赫然，一腔报国雄心油然而生。

宁为百夫长，胜作一书生。

《从军行》杨炯

烽火照西京，心中自不平。
牙璋辞凤阙，铁骑绕龙城。
雪暗凋旗画，风多杂鼓声。
宁为百夫长，胜作一书生。

2023

11 / 27

农历十月十五

星期一

注：

杨炯，“初唐四杰”之一，擅长五律。《从军行》是乐府旧题，到了杨炯手上翻出极高水准，从“烽火照西京”到“风多杂鼓声”，写出了边城有警，猛士受命而出，血战沙场的景象。最后一句直抒胸臆，是千古流传的名句。

愿将腰下剑，
直为斩楼兰。

《塞下曲六首 · 其一》李白

五月天山雪，无花只有寒。
笛中闻折柳，春色未曾看。
晓战随金鼓，宵眠抱玉鞍。
愿将腰下剑，直为斩楼兰。

2023

11 / 28

农历十月十六

星期二

注：

《塞下曲》为乐府诗题，多写边塞军旅生活。李白所作共六首，这是其中一首。前面四句铺陈塞下的艰苦，春天也没有春色，依然苦寒。五、六句写军中生活的辛苦，最后两句振起全篇，与“黄沙百战穿金甲，不破楼兰终不还”异曲同工，一派盛唐的雄豪气概。

素手抽针冷，
那堪把剪刀。

《子夜吴歌·冬歌》李白

明朝驿使发，一夜絮征袍。
素手抽针冷，那堪把剪刀。
裁缝寄远道，几日到临洮。

2023

11 / 29

农历十月十七

星期三

注：

《子夜吴歌》又称《子夜四时歌》，共四首，写春、夏、秋、冬四季，这首写冬天。李白描写了一个很动人的场景：女子连夜为从军的丈夫赶制征袍，天气冷得拿不住针，时间紧得只有一夜，她一边劳作一边担心丈夫，寒到君边衣到无？此诗出人意表，又动人心弦。

以色事他人，能得几时好。

《妾薄命》李白

汉帝重阿娇，贮之黄金屋。
咳唾落九天，随风生珠玉。
宠极爱还歇，妒深情却疏。
长门一步地，不肯暂回车。
雨落不上天，水覆难再收。
君情与妾意，各自东西流。
昔日芙蓉花，今成断根草。
以色事他人，能得几时好。

2023

11/30

农历十月十八

星期四

注：

这首诗写汉武帝“金屋藏娇”而又最终委弃的故事。前半部分叙事，君王的恩爱前后对比极强烈，先是爱之如珠如宝，后又弃之如同敝屣。后半部分议论，最后一句点题，直接、犀利又怀有同情，让人浩叹。

2023

12

歲暮陰陽催短景
天涯霜雪霽寒宵

杜甫閣夜詩句 [illegible] 書

未将梅蕊惊愁眼，
要取楸花媚远天。

《十二月一日三首·其一》
杜甫

今朝腊月春意动，
云安县前江可怜。
一声何处送书雁，
百丈谁家上水船。
未将梅蕊惊愁眼，
要取楸花媚远天。
明光起草人所羡，
肺病几时朝日边。

2023

12 / 01

农历十月十九

星期五

注：

这是杜甫在云安思念长安之作。诗分两半，一方面为隐约浮动的春意大为欢欣惊叹，另一方面则为没法再到皇帝身边打卡上班而悲伤哀叹。

功名耻计擒生数，
直斩楼兰报国恩。

《塞下曲五首·其三》
张仲素

朔雪飘飘开雁门，
平沙历乱卷蓬根。
功名耻计擒生数，
直斩楼兰报国恩。

2023

12 / 02

农历十月二十

星期六

注：

诗人张仲素贞元十四年（798）进士及第，其闺怨诗、边塞诗写得很好。本诗极为刚烈，表达了和敌人作战到底的决心，连抓活的以此博取功名都感到羞耻和不屑，非得直接将其消灭，这才心满意足。

榆柳萧疏楼阁闲，
月明直见嵩山雪。

《洛桥晚望》 孟郊

天津桥下冰初结，
洛阳陌上人行绝。
榆柳萧疏楼阁闲，
月明直见嵩山雪。

2023

12/03

农历十月廿一

星期日

注：

前三句都是在营造一个萧疏而又清朗的冬日世界。第四句“月明直见嵩山雪”，巧妙地点了题中的“望”字。在洛阳而能一直望见嵩山的雪，可见天宇清澄，纤毫毕现。

势分三足鼎，
业复五铢钱。

《蜀先主庙》刘禹锡

天地英雄气，千秋尚凛然。
势分三足鼎，业复五铢钱。
得相能开国，生儿不象贤。
凄凉蜀故妓，来舞魏宫前。

2023

12/04

农历十月廿二

星期一

注：

刘禹锡跟刘备一样，是中山靖王后人，对刘备自然怀有不一样的感情。诗中对刘备的功业有极高评价，“五铢钱”是汉代钱币，此处指刘备延续了汉祚。可惜刘备生儿不贤，功败垂成，此诗终以无限叹息而结束。

长恨人心不如水，
等闲平地起波澜。

《竹枝词九首·其七》
刘禹锡

瞿塘嘈嘈十二滩，
此中道路古来难。
长恨人心不如水，
等闲平地起波澜。

2023

12/05

农历十月廿三

星期二

注：

此诗末句极言人心之凶险、险恶，但似乎也可用于男女爱情上：两人一见，原本静若止水的心灵顿时翻江倒海，波澜四起，再也不可遏止。

请君莫奏前朝曲，
听唱新翻杨柳枝。

《杨柳枝词九首·其一》
刘禹锡

塞北梅花羌笛吹，
淮南桂树小山词。
请君莫奏前朝曲，
听唱新翻杨柳枝。

2023

12/06

农历十月廿四

星期三

注：

《杨柳枝词九首》是刘禹锡刻意创新、翻新的作品。诗中前两句都是指古曲，第一句指汉代的《梅花落》，第二句指《楚辞》中的《招隐士》。刘禹锡的意思是这些“前朝曲”虽好，但还是来听我新唱的《杨柳枝》吧。诗人极有创新精神，非但在国家政治上参与“永贞革新”，在诗歌文学上也同样要谱新曲，发新声。

壹
341

瑞雪惊千里，
同云暗九霄。

《雪》李峤

瑞雪惊千里，同云暗九霄。
地疑明月夜，山似白云朝。
逐舞花光动，临歌扇影飘。
大周天阙路，今日海神朝。

2023

12 / 07

农历十月廿五

大雪

星期四

注：

今日大雪。实际上，节气上的大雪与天气现象未必完全符合，甚至“大雪”节气的降雪量往往还不如“小雪”节气来得大。“瑞雪惊千里”的景色固然好看，但仍须注意保暖。

星沉海底当窗见，
雨过河源隔座看。

《碧城三首·其一》
李商隐

碧城十二曲阑干，
犀辟尘埃玉辟寒。
阆苑有书多附鹤，
女床无树不栖鸾。
星沉海底当窗见，
雨过河源隔座看。
若是晓珠明又定，
一生长对水晶盘。

2023

12/08

农历十月廿六

星期五

注：

《碧城三首》是李商隐的七律组诗，既美丽又梦幻。李商隐的情诗通常难以索解，《碧城三首》正是其中之一。有说是他与女道士发生了恋情，也有说他是表达仕进无门路，不同注家的看法相差万里。

天山雪后海风寒，
横笛偏吹行路难。

《从军北征》李益

天山雪后海风寒，
横笛偏吹行路难。
碛里征人三十万，
一时回首月中看。

2023

12/09

农历十月廿七

星期六

注：

李益的边塞诗造诣直追王昌龄。“碛里征人三十万，一时回首月中看”的震撼、苍凉之感，不输其《夜上受降城闻笛》中的“不知何处吹芦管，一夜征人尽望乡”。

歲暮陰陽催短景
天涯霜雪霽寒霄

杜甫閣夜詩句 田英章書

《阁夜》杜甫

岁暮阴阳催短景，
天涯霜雪霁寒宵。
五更鼓角声悲壮，
三峡星河影动摇。
野哭千家闻战伐，
夷歌数处起渔樵。
卧龙跃马终黄土，
人事音书漫寂寥。

2023

12 / 10

农历十月廿八

星期日

注：

这是杜甫晚年寓居夔州西阁时所作。“岁暮阴阳催短景，天涯霜雪霁寒宵”，起句极铿锵、警拔，炼字如神，充分凸显了杜甫沉郁顿挫的诗风。然而结尾稍弱，这是杜甫晚年七律普遍特点。《登高》独步千古，也是结尾稍弱。

海内风尘诸弟隔，
天涯涕泪一身遥。

《野望》杜甫

西山白雪三城戍，
南浦清江万里桥。
海内风尘诸弟隔，
天涯涕泪一身遥。
惟将迟暮供多病，
未有涓埃答圣朝。
跨马出郊时极目，
不堪人事日萧条。

2023

12 / 11

农历十月廿九

星期一

注：

可与《阁夜》对读，表达的情感相近。第二联尤为精妙。中唐诗人顾况在《湖南客中春望》中高度模仿学习："风尘海内怜双鬓，涕泪天涯惨一身。"全是此诗语。

细语人不闻，
北风吹裙带。

《拜新月》李端

开帘见新月，
便即下阶拜。
细语人不闻，
北风吹裙带。

2023

12/12

农历十月三十

星期二

注：

此诗可与施肩吾《幼女词》同读："幼女才六岁，未知巧与拙。向夜在堂前，学人拜新月。"才六岁的小孩懵懵懂懂，也是这般"开帘见新月，便即下阶拜"，读来令人会心开怀。

小酌酒巡销永夜，
大开口笑送残年。

《雪夜小饮赠梦得》白居易

同为懒慢园林客，
共对萧条雨雪天。
小酌酒巡销永夜，
大开口笑送残年。
久将时背成遗老，
多被人呼作散仙。
呼作散仙应有以，
曾看东海变桑田。

2023

12/13

农历十一月初一

星期三

注：

白居易赠送刘禹锡的诗作。“大开口笑送残年”因拙而趣，白居易诗经常有这样的率直语。武侠小说作家古龙《天涯·明月·刀》中傅红雪曾见一联：“明月本无心，何必寻月？小饮可酣睡，不妨独酌。”正符合白居易夜中小酌一番的雅兴。

炉烟消尽寒灯晦，
童子开门雪满松。

《忆住一师》李商隐

无事经年别远公，
帝城钟晓忆西峰。
炉烟消尽寒灯晦，
童子开门雪满松。

2023

12 / 14

农历十一月初二

星期四

注：

这是李商隐思念旧友住一师所作。二人应有过交集，已经别离多年。诗人忽然听到长安的钟声，不禁怀念起这位世外的朋友来。后两句应是畅想住一师的生活修行情景，清晨起来，童子开门，大雪满松，让人胸襟一畅。

平生所心爱，爱火兼怜雪。

《对火玩雪》白居易

平生所心爱，爱火兼怜雪。
火是腊天春，雪为阴夜月。
鹅毛纷正堕，兽炭敲初折。
盈尺白盐寒，满炉红玉热。
稍宜杯酌动，渐引笙歌发。
但识欢来由，不知醉时节。
银盘堆柳絮，罗袖抟琼屑。
共愁明日销，便作经年别。

2023

12/15

农历十一月初三

星期五

注：

白居易描写自己冬天对火玩雪的闲适生活，洋洋洒洒地阐释了自己爱雪、爱火的理由。作这一类诗时，白居易不刻意求文字精工，也似乎不考虑谋篇布局，率性写来，别有趣味。

此时对雪遥相忆，
送客逢春可自由。

《和裴迪登蜀州东亭送客逢早梅相忆见寄》杜甫

东阁官梅动诗兴，
还如何逊在扬州。
此时对雪遥相忆，
送客逢春可自由。
幸不折来伤岁暮，
若为看去乱乡愁。
江边一树垂垂发，
朝夕催人自白头。

2023

12 / 16

农历十一月初四

星期六

注：

杜甫写松、柏、桃等植物更为著名，写梅的诗不太引人关注。这一首写早梅的诗却脍炙人口。明代王世贞以为“古今咏梅第一”。

焉得并州快剪刀，
剪取吴松半江水。

《戏题王宰画山水图歌》
杜甫

十日画一水，
五日画一石。
能事不受相促迫，
王宰始肯留真迹。
壮哉昆仑方壶图，
挂君高堂之素壁。
巴陵洞庭日本东，
赤岸水与银河通，
中有云气随飞龙。
舟人渔子入浦溆，
山木尽亚洪涛风。
尤工远势古莫比，
咫尺应须论万里。
焉得并州快剪刀，
剪取吴松半江水。

2023

12/17

农历十一月初五

星期日

注：

这是杜甫观画的诗作。晋代索靖观赏名家顾恺之的画作，大为倾倒，赞叹曰：“恨不带并州快剪刀来，欲剪松江半幅练纹归去。”杜甫借用此典故，将王宰的画和名家顾恺之的画相提并论，给予了极高的评价。杜甫描写绘画的诗作往往很精彩，此诗亦是其中之一。

绝艺如君天下少，
闲人似我世间无。

《重送绝句》杜牧

绝艺如君天下少，
闲人似我世间无。
别后竹窗风雪夜，
一灯明暗覆吴图。

2023

12 / 18

农历十一月初六

星期一

注：

这里的绝艺，是指围棋一道。杜牧夸赞友人棋艺无双，自己远远不及，奈何清闲没事可做，只能研究棋艺消磨时光。一旦别离之后，自己想念朋友，只能是独自摆棋，寄托思念了。南宋辛弃疾的“长日惟消棋局”有相似之处。

柴门闻犬吠，
风雪夜归人。

《逢雪宿芙蓉山主人》
刘长卿

日暮苍山远，
天寒白屋贫。
柴门闻犬吠，
风雪夜归人。

2023

12/19

农历十一月初七

星期二

注：

诗人刘长卿在贬谪落魄之际，遭逢大雪，夜宿芙蓉山，得此诗作。唐汝询《唐诗解》："此诗直赋实事，然令落魄者读之，真足凄绝千古。""风雪夜归人"五字浑然天成，引人无限遐思。

诗称国手徒为尔，命压人头不奈何。

《醉赠刘二十八使君》
白居易

为我引杯添酒饮，
与君把箸击盘歌。
诗称国手徒为尔，
命压人头不奈何。
举眼风光长寂寞，
满朝官职独蹉跎。
亦知合被才名折，
二十三年折太多。

2023

12/20

农历十一月初八

星期三

注：

白居易对刘禹锡的诗歌推崇备至，称之为“国手”，而又对他的遭际深感惋惜，认为他被才名所折。而刘禹锡对此有诗作答，就是著名的《酬乐天扬州初逢席上见赠》，写得十分潇洒豁达，称“沉舟侧畔千帆过，病树前头万木春”。

江阔惟回首，
天高但抚膺。

《哭刘司户蕡》李商隐

路有论冤谪，言皆在中兴。
空闻迁贾谊，不待相孙弘。
江阔惟回首，天高但抚膺。
去年相送地，春雪满黄陵。

2023

12/21

农历十一月初九

星期四

注：

刘蕡是当时著名士人，极有胆识，因考试时公开批评时政和宦官而落第，以至于当时便有“刘蕡下第，我辈皆羞”的说法。最后刘蕡被贬，含愤死去。李商隐对刘蕡的死怀有极大的哀悼，一再哭刘蕡，除了这首，还有《哭刘蕡》《哭刘司户》等。“抚膺”就是抚胸的意思。

冬至至后日初长，
远在剑南思洛阳。

《至后》杜甫

冬至至后日初长，
远在剑南思洛阳。
青袍白马有何意，
金谷铜驼非故乡。
梅花欲开不自觉，
棣萼一别永相望。
愁极本凭诗遣兴，
诗成吟咏转凄凉。

2023

12 / 22

农历十一月初十

冬至

星期五

注：

冬至是白昼最短、黑夜最长的一天。此后白昼将会逐日增长，杜甫便也留意到这点，所以说“冬至至后日初长”，这是极为生活化的诗意。今日冬至，宜吃饺子。

济时敢爱死，
寂寞壮心惊。

《岁暮》杜甫

岁暮远为客，边隅还用兵。
烟尘犯雪岭，鼓角动江城。
天地日流血，朝廷谁请缨。
济时敢爱死，寂寞壮心惊。

2023

12 / 23

农历十一月十一

星期六

注：

“敢爱死”就是不敢惜死之意。年老位卑，却未敢忘忧国，杜甫就是这样一个人。仇兆鳌《杜诗详注》中云：“流血不已，请缨无人，安忍惜死不救哉？故虽寂寞之中，而壮心忽觉惊起，可见公济时之念，至老犹存也。”

如我饱暖者，百人无一人。

《岁暮》白居易

惨澹岁云暮，穷阴动经旬。
霜风裂人面，冰雪摧车轮。
而我当是时，独不知苦辛。
晨炊廪有米，夕爨厨有薪。
夹帽长覆耳，重裘宽裹身。
加之一杯酒，煦妪如阳春。
洛城士与庶，比屋多饥贫。
何处炉有火，谁家甑无尘。
如我饱暖者，百人无一人。
安得不惭愧，放歌聊自陈。

2023

12/24

农历十一月十二

平安夜

星期日

注：

白居易晚年生活优渥。同样是岁暮年关，他比杜甫过得要好多了。但他天性较为仁厚，知道底层的苦辛，对自己的富足感到惭愧。事实上，那些没有炉火、没有食物，冻饿在街头巷尾的百姓恰如“卖火柴的小女孩”。

草木岁月晚，
关河霜雪清。

《送远》杜甫

带甲满天地，胡为君远行。
亲朋尽一哭，鞍马去孤城。
草木岁月晚，关河霜雪清。
别离已昨日，因见古人情。

2023

12/25

农历十一月十三

圣诞节

星期一

注：

这是杜甫远行自送之作。“带甲满天地”指当时战乱频繁，时局动荡，而自己却要无奈远行，凄怆孤寂。杜甫离秦州，入蜀道时，虽有亲朋同声一哭，但却没有人能够以诗相送，所以事后自己为自己送远、送诗，也就难怪浦起龙言此诗是“感慨悲歌”。

壹
3
6
0

地白风色寒，雪花大如手。

《嘲王历阳不肯饮酒》李白

地白风色寒，雪花大如手。
笑杀陶渊明，不饮杯中酒。
浪抚一张琴，虚栽五株柳。
空负头上巾，吾于尔何有。

2023

12/26

农历十一月十四

星期二

注：

这是李白调侃别人不肯饮酒的诗。“空负头上巾”一句出自陶渊明诗“若复不快饮，空负头上巾”，据说陶渊明好用头巾滤酒，滤后又照旧戴上，潇洒不羁。诗中“雪花大如手”一句，看似平平无奇，却最是奇妙，诗意盎然。

依稀和气排冬严，
已就长日辞长夜。

《河南府试十二月乐词·十二月》李贺

日脚淡光红洒洒，
薄霜不销桂枝下。
依稀和气排冬严，
已就长日辞长夜。

2023

12/27

农历十一月十五

星期三

注：

李贺应河南府试的作品，虽然是阐释常理，但是用字警拔，出语奇特，与众不同，保持了自身明显的风格，可见功力。他府试顺利，后却因为避讳原因被人毁谤，不能考进士，因为李贺父亲名为“晋肃”，和“进士”谐音。这在今天看来十分荒唐。

借问梅花何处落，
风吹一夜满关山。

《塞上听吹笛》高适

雪净胡天牧马还，
月明羌笛戍楼间。
借问梅花何处落，
风吹一夜满关山。

2023

12/28

农历十一月十六

星期四

注：

此诗又名《和王七玉门关听吹笛》，王七是盛唐著名诗人王之涣，和高适相友善。据岑仲勉《唐人行第录》载，此诗是对王之涣《凉州词》的酬和之作。一个听的是“折杨柳”，另一个便去听“梅花落”，很有趣味。

同来望月人何处，
风景依稀似去年。

《江楼旧感》赵嘏

独上江楼思渺然，
月光如水水如天。
同来望月人何处，
风景依稀似去年。

2023

12/29

农历十一月十七

星期五

注：

作者登上江楼，望月思人。他所感何事，所思何人，诗中都没有交代，只有“月光如水水如天”的空灵景象以及“风景依稀似去年”的怅惘是确定的，引起历代读者的强烈共鸣。宋欧阳修词：“今年元夜时，月与灯依旧。不见去年人，泪湿春衫袖。”可见物是人非之感，和赵嘏一般。

春草明年绿，
王孙归不归？

《送别》王维

山中相送罢，
日暮掩柴扉。
春草明年绿，
王孙归不归？

2023

12/30

农历十一月十八

星期六

注：

别人送别，多言送别之际的景况，而王维这首诗大不相同，先言已然送罢，再言别离之后的情景：客人已经走远，主人独掩柴门，相望明年。“春草”一句来自《楚辞·招隐士》中“王孙游兮不归，春草生兮萋萋”，这里的“王孙归不归”如是，《山居秋暝》中的“王孙自可留”亦是。

思
365

去年花里逢君别，
今日花开又一年。

《寄李儋元锡》韦应物

去年花里逢君别，
今日花开又一年。
世事茫茫难自料，
春愁黯黯独成眠。
身多疾病思田里，
邑有流亡愧俸钱。
闻道欲来相问讯，
西楼望月几回圆。

2023

12/31

农历十一月十九

冬二九

星期日

注：

去年花里逢君别，今日花开又一年。这本小小的《唐诗日历》已然陪伴大家走完了 2023 年的最后一日。其间我们感受着唐代诗人们的“喜、凡、佛、叹”等等情感，也经历了自己三百多个日夜有滋有味的生活。日历虽有尽头，但诗意没有尽头。春草明年绿，我们相约再见。

每日唐诗

六神磊磊 编著

产品经理 _ 来佳音　封面设计 _ 付诗意　产品总监 _ 曹俊然
技术编辑 _ 陈杰　执行印制 _ 刘世乐　策划人 _ 于桐

营销团队 _ 阮班欢 李佳

鸣谢（排名不分先后）

内容助理 _ 华裕和 曹宁　插图绘制 _ 庄抒书
书法作品 _ 庄辉　封面插画 _ 刘少白

果麦
www.guomai.cc

以 微 小 的 力 量 推 动 文 明

图书在版编目（CIP）数据

每日唐诗 / 六神磊磊编著. -- 杭州 : 浙江文艺出版社, 2022.9

ISBN 978-7-5339-6949-3

Ⅰ. ①每… Ⅱ. ①六… Ⅲ. ①唐诗—诗集 Ⅳ. ① I222.742

中国版本图书馆 CIP 数据核字（2022）第 133796 号

每日唐诗
六神磊磊 编著

责任编辑　金荣良
产品经理　来佳音
封面设计　付诗意

出版发行　浙江文艺出版社
地　　址　杭州市体育场路 347 号　　邮编 310006
经　　销　浙江省新华书店集团有限公司
　　　　　果麦文化传媒股份有限公司
印　　刷　河北鹏润印刷有限公司
开　　本　710 毫米 ×1000 毫米　1/32
字　　数　180 千字
印　　张　23.75
印　　数　1—26,000
版　　次　2022 年 9 月第 1 版
印　　次　2022 年 9 月第 1 次印刷
书　　号　ISBN 978-7-5339-6949-3
定　　价　128.00 元